いまこそ戦争放棄の憲法九条を、世界に

平和万葉集

巻五

平和へのおもい一一二七人の歌よ、とどけよ！

『平和万葉集』刊行委員会

光陽出版社

日本国憲法　前文　および　第九条

前文（抜粋）

　われらとわれらの子孫のために、諸国民との協和による成果と、わが国全土にわたって自由のもたらす恵沢を確保し、政府の行為によって再び戦争の惨禍が起ることのないやうにすることを決意し、ここに主権が国民に存することを宣言し、この憲法を確定する。そもそも国政は、国民の厳粛な信託によるものであって、その権威は国民に由来し、その権力は国民の代表者がこれを行使し、その福利は国民がこれを享受する。これは人類普遍の原理であり、この憲法は、かかる原理に基くものである。われらは、これに反する一切の憲法、法令及び詔勅を排除する。

第二章　戦争の放棄

［戦争の放棄・戦力の不保持・交戦権の否認］

第九条　①日本国民は、正義と秩序を基調とする国際平和を誠実に希求し、国権の発動たる戦争と、武力による威嚇又は武力の行使は、国際紛争を解決する手段としては、永久にこれを放棄する。

②前項の目的を達するため、陸海空軍その他の戦力は、これを保持しない。国の交戦権は、これを認めない。

国際連合憲章（一部抜粋）

第一章　目的及び原則

第一条　国際連合の目的は、つぎのとおりである。

1　国際の平和及び安全を維持すること。そのために、平和に対する脅威の防止及び除去と侵略行為その他の平和の破壊の鎮圧とのため有効な集団的措置をとること並びに平和を破壊するに至る虞のある国際的の紛争又は事態の調整又は解決を平和的手段によって且つ正義及び国際法の原則に従って実現すること。（以下略）

第二条　この機構及びその加盟国は、第一条に掲げる目的を達成するに当っては、次の原則に従って行動しなければならない。

1　この機構は、そのすべての加盟国の主権平等の原則に基礎をおいている。

2　すべての加盟国は、加盟国の地位から生ずる権利及び利益を加盟国のすべてに保障するために、この憲章に従って負っている義務を誠実に履行しなければならない。

3　すべての加盟国は、その国際紛争を平和的手段によって国際の平和及び安全並びに正義を危うくしないように解決しなければならない。

4　すべての加盟国は、その国際関係において、武力による威嚇又は武力の行使を、いかなる国の領土保全又は政治的独立に対するものも、また、国際連合の目的と両立しない他のいかなる方法によるものも慎まなければならない。（以下略）

序　文

『平和万葉集』（巻五）刊行にあたって

いま、先に刊行された『平和万葉集』の（巻三）と（巻四）を見てみると、いずれもその序文の最初に、「待望の『平和万葉集』が刊行のはこびになって」という喜ばしいということが先ず書かれています。短歌による、この平和アンソロジーが刊行されること自体は本当に喜ばしいことです。しかし、各刊行時には、なにがしかの平和への暗影が射す時機でもありました。

今回はどうでしょうか。ここ長年絶えず折あらばと窺われつづけてきた憲法の改変―わけても九条への自衛隊の明文化という、きわめてあからさまな動きが現実的になってきました。そのためならば憲法改変勢力は、コロナの感染拡大も、災害対応策も、近隣国の不法な反平和行為も、ましてや他国の不当な戦争勃発にも、あたかもこれぞ好機とばかり、漁夫の利を地でゆく憲法改変への狙いに執念をかき立てはじめています。

作品募集の要項にも書かれていることですが、

「…その時代時代の抱える、直面する問題や、暮らしといのちを大事にしたいと願う人びとのおもいを、過去・現在・未来を振り返り、真向かい、展望し、その中から希望を見出す役割りとしての短歌アンソロジーとしての多くの感動を集約…」しました。

だが、「新たな厳しい逼迫情況のなかで、」その内容にはそれなりのおもいが寄せられました。こうして今回も、一一二七人ものさまざまな平和への願い、希求を一々具体的に接しながら、またここに『平和万葉集』（巻五）として、国民の息づきを伝え、共有することができたことを嬉しく思います。

二〇二二年八月十五日

『平和万葉集』（巻五）刊行発起人

来嶋　靖生
木村　雅子
久々湊盈子
森山　晴美
吉川　宏志
渡辺　幸一
碓田のぼる
小石　雅夫

『平和万葉集―憲法とコロナの時代―』もくじ

平和万葉集――憲法とコロナの時代――巻五　もくじ

巻頭扉裏／日本国憲法（前文抄・九条）
国連憲章（一部抜粋）
序文『平和万葉集』（巻五）刊行にあたって　発起人　2
まえがき　刊行委員会　8
凡例　12
第1章　日本国憲法・戦争放棄
世界へおくる言葉　13
第2章　沖縄・反核・原発
差別と犠牲を見つめて　53
第3章　コロナ・政治
誰でもみんな大切に　79

第4章　暮らし・国民
希望を持てる日々を　109
第5章　平和・家族
日常に生きる　141
第6章　ウクライナ侵攻
ひまわりを枯らすな　181
第7章　戦争体験・戦後体験
語り継ぎゆく記憶　233
あとがき（付／刊行編集委員・刊行委員）　268
『平和万葉集』（巻五）刊行賛同者芳名　272
作品掲載者総索引　282

（装幀デザイン・割付け　小石雅夫）

まえがき

今回の『平和万葉集』（巻五）には、これまでとちがって、「―憲法とコロナの時代―」という副題的なものを付けて作品の募集をはじめました。

それは戦後七十七年を迎えたいま、政権与党にとどまらず、戦争行為への道を開くことにつながることを是認できるように、あけすけに「戦争放棄」を反故にする、九条改変への動きがいっそう加速化してきたことがあります。また、全国的にも世界的にも、感染のまん延が一向におとろえず、国民すべてに異様なマスク生活を強いるコロナ社会という、この二重の危機に直面している認識に立って時代に真向かい、平和を、暮らしを、いのちを考え、見つめる機会としたいと思ったからでした。その上に、ロシアのウクライナへの侵攻がはじまりました。

いまこの地球上には、連日、平和が厳しく問われています。

七十七年前にもこの世界で、最初の核爆弾が炸裂したその第一撃を被爆し、進歩した科学兵器がいかに戦争で悲惨な結果を人間にもたらすかを、国民体験として直面し、経験したはずのわたしたちです。その痛恨な過去を、現在もそしてこれからの未来を生きる人たちへも、忘れることなく心に刻みこむことの大切さを、しっかりと伝え、引き継いでいくものとして、わたしたちが拠って立ち、愛好している、短歌というもっとも人の感性にとどきやすいかたちとして『平和万葉集』を編纂してきました。

またこの歌集を、単なる「平和歌集」と呼ばないのは、『万葉集』が選ばれた一部の宮廷歌人だけの勅撰歌集とはちがい、「東歌」や「防人歌」のように幅広い庶民の喜怒哀楽をふくめた声を反映した多くの歌を遺したように、いまこの時代の平和へのメッセージを、われわれの未来へも、と考えるからです。

『平和万葉集』の編纂は、わたしたちの先輩が戦後四十年目の一九八六年「国際平和年」であった八月十五日に、最初の「巻一」を刊行しました。以来数年ごとに、その時々ごとの時代情況のもとにおかれた、平和と暮らしの位置を見つめる『平和万葉集』として編纂刊行してきました。

それはいま「巻一」から「巻四」までの出詠者数でみると、すでに延べ四千七百八十七人になります。これはいわば本家の『万葉集』二十巻四千数百首に比しても人数的には十分に並び、しかも一人二首ずつですから、一々に詞書などはありませんが歌数ではすでに本家の『万葉集』を倍以上に上回っていることになります。

これは考えてみると、限りなく壮大なことであり、同時にこれほどに平和への希求こそがもっとも人間的にそぐわしいことであることを証しています。
今回この「巻五」の作品募集・編纂をすすめる過程でつくづくとこころに想起させられたことがありました。これまでいつも『平和万葉集』に参加寄稿のあった、幾人かの物故歌人のことです。前回、二〇一六年刊行の「巻四」への寄稿作品を引いてみたいと思います。

蒼波のわだつみの声に杭を打つ「だまれ」はかつての軍人の言葉　橋本　喜典
権力を衛れる前に対峙して人権を守るは寸鉄帯びず
文明の利器は凶器と喝破せし斎藤緑雨よいまなお死せず　水野　昌雄
ことさらに大和ごころと結ばれて桜の不幸日本の不運
詩人峠の在りし病棟この辺り耀うかの語「へいわをかえせ」　田中　礼
「戦争法　アカン　アカン」と何度でも。この四つ辻に沁み通るまで

橋本喜典さんの歌は、国が沖縄辺野古への新基地建設を問答無用にすすめているありさまに、一見温厚で紳士な橋本喜典さんに、これほどまでに熱血的な怒りの迸りを詠ませたものの正体を深く考えさせます。水野昌雄さんの歌は、明治の小説・批評家斎藤緑雨の警句に着目したもので

すが、あたかも今日、プーチンのロシアがウクライナ侵攻し、戦車や大砲ミサイルで街を瓦礫とし、子どもや女性老人を殺戮し、あまつさえ核兵器の使用まで現実的脅迫とするさまを見ながら詠んだかのようです。田中礼さんは、原爆詩人峠三吉の何より真率な声「へいわをかえせ」の言挙げにふれ、「戦争法　アカン　アカン」を人はおろか街中に沁みこむまでも声をあげつづけよとまで詠っています。

このようなさまざまなおもいを、このように寄せて収録し、千人を、二千首をも超えて一巻とできる意義と喜びはこの上もないことです。今回にも応募作品を寄稿いただいた千百二十七人の方々への感謝と連携を、日本中に、世界中への希望につないでいきたいと願っています。

二〇二二年八月二十日

『平和万葉集』（巻五）刊行委員会　編纂責任者　小石　雅夫

追記　今回『平和万葉集』（巻五）の刊行賛同者となっていただいていた作家の早乙女勝元さんと歌人の杜澤光一郎さんと与謝野晶子研究家の入江春行さんが、それぞれ五月にご逝去されました。ここに『平和万葉集』（巻五）の完成したことをご霊前に報告いたします。

凡　例

(1) 本集は二〇二一年十月より二〇二二年五月にかけて募集した、一般からの投稿歌をもって編纂した。
(2) 投稿歌の応募条件は一人二首とし、作品は最近五年以内のものなら既発表作品も問わないものとした。
(3) 収録作品の中の数名は、何らかの関わりをもちつつ募集期間またはその近くに亡くなられた人である。また、特に遺族からのつよい申し出のあった人も含まれている。
(4) 収録作品の章立ての配列は作品のテーマ、素材により大体の分類をおこなった。その際、同一作者の作品で異なった内容の場合は編集委員会の判断で内容のどちらかの比重・強弱を勘案して分類した。
(5) 作品の表記については、旧かな・新かなは作者の表記にしたがった。ただし表記上の明らかな誤用・混用や誤字脱字は正し、不明なものは直接電話確認した。括弧類の使用は一定の整理統一をした。
(6) 漢字は原則として新字体を使用し、ふりがな（ルビ）は編集委員会の判断で加減をした。
(7) 行分け短歌の場合は、改行個所ごとに／（斜線）を入れて示し、つづけて組ませていただいた。なお今回特別に字数が多く一行組みができない行分け短歌があり、やむを得ず章の最後にまわさせていただいた。編集上の事情であり他意なきをご諒解ねがいたい。
(8) 投稿時に付けられていた詞書、添え書きは作品理解上の必要以外は原則として省いた。
(9) 掲載作品の掲載順序は、各章ごとに五十音順の配列とした。
(10) 作者名は掲載一首目の下に、氏名、地区とした。職業は格別な場合のほかは原則として省いた。
(11) 巻末に、収録作者の総索引（五十音順）をつけた。
(12) なお『平和万葉集』巻五の刊行にご賛同、ご支援いただいたお名前を記名させていただいた。

第1章

日本国憲法・戦争放棄

世界へおくる言葉

【第1章　世界へおくる言葉】（一八五人）

世界的激動のなか岐路に立つわれら踏まざり戦前の轍
改憲は断じて許さずいのちある限り語りたし悲惨な戦争を

赤塚堯（東京・日野市）

富士山の裾野に負けない広がりを〝改憲阻止〟の世論でつくろう
若き日より憲法改悪許すなと訴えて来しはや六十年

秋元勇（埼玉・戸田市）

戦争はかくも間近に迫りくる二十一世紀なのにとキーウの娘
背のリュックに「I♡《アイラブ》九条」のタグ揺るるグレイヘアーの女性親しも

秋山佐和子（東京・町田市）

ミサイルの飛び交う中を帰りゆく白鳥の白さ消えるまで見ぬ
片方のマスクはずしてお茶を飲むリハビリ教室静かに進む

秋山典子（千葉・市川市）

寒風に「九条」の看板倒れたり八十路の婆は負けじと立て直し
南国の友『万葉集』に応募せよと便りくれたり零下五度の朝

浅川良子（山梨・北杜市）

ＧＤＰ三位と説くも寒空に職求む列をテレビは伝えず
戦闘機減らし支援に振り向けよせめて三度の食事を母子に
芦田幸恵（京都・宇治市）

再び泥沼の戦を望むか核配備議論　狂ったように月が赤い
誰彼と縁《えにし》薄くなりゆくコロナ禍　揺れやまぬ花屋敷の鞦韆
梓志乃（中央区）

日本の憲法九条読む声を空気にまぜて地球めぐらそ
ホンジュラス五十番目に批准すと日本はいまだお恥ずかしいね
新井竹子（埼玉・坂戸市）

殺される理由《わけ》問わず殺されし人幾万我四歳を生きおりし頃
民の解せぬ言葉に政治は動くなり優しく「認諾」を言う最も怖い
安間邦子（静岡・袋井市）

九条があるからこその平和なり祈るがごとくそを護りゆく
九条がある故かなふ平和への願ひをあらたに世の中のため
飯塚忍（静岡・沼津市）

子や孫に平和憲法渡したし爆弾降る中逃げのびしわれ　飯塚照江（群馬・前橋市）

特記すること無きわが一日戦いの映像は続く同じ空の下

うたごえの仲間と歌う反戦歌無力と知るも思い重ねて　飯野澄雄（京都・宇治市）

新緑の京の街角デモは行く憲法九条七十五年

再びの戦にこの手染まぬよう憲法前文読み解きませう　五十嵐久子（埼玉・上尾市）

野辺の花香りも色も形まで個性豊かに手をつなぎおり

財産と命を守ると言ひながら戦厭わぬ　国家とは何　石川功（千葉・野田市）

国家とは時計の如し止めねば右へ右へと回りゆくなり

交付金目当てならんか若狭原発処理場なきまま再稼働決める　一井幸子（滋賀・高島市）

9条のパネル持ちて立つ街角の胸張る友に若葉風吹く

顔半分かくして暮らす今の世のどこかで静かに進む改憲
知らぬ間に傾れゆかむか改憲へ新型コロナに脅えるうちに
一條美瑳子（千葉・船橋市）

眼の手術終えし視力で9条を読む「不戦の誓い」　この尊さよ
空の青小麦の黄色ウクライナ　ロシアよ撃つなかつての友を
伊藤敬子（さいたま市）

基本的人権尊重平和主義主権在民日本国憲法
たくさんの犠牲のもとに憲法はつくられました大切なのです
伊藤寛雄（秋田・大仙市）

幼き日戦火の様を耳にする語りし父母の「平和」を継がん
戦争の近現代史その先に平和憲法輝いて立つ
伊藤連子（練馬区）

元上司は引き揚げ経験語りつつ護憲運動励めと握手
改憲阻止署名に靖国遺児の友筆圧込めて太き字を書く
稲邑明也（東京・調布市）

核兵器は悪と断言教皇の一言は青い地球に光もたらす
乾千枝子（さいたま市）

プーチンに殺戮やめよ人間《ひと》として日本の憲法を光らせて告ぐ
してはならぬさせてもならぬが戦なり九条よ時空超え世界を照らせ
井上啓（東京・国分寺市）

九条と共に生きるは誇りなり戦火止まぬウクライナ思う憲法記念日
一機また一機と円を描くがに夕焼けの空オスプレイ飛ぶ
井上セツ（東京・青梅市）

九条を守れと集う有明の草地に小さき庭石菖咲く
いつの世も見よ為政者の独善で罪なき民が地獄の苦に遭う
猪子圭交（名古屋市）

限りなき軍拡競争その果ては亡者さまよう壊れた地球
バッハ聴き猫とあそんで書を楽しむ憲法に支えられしわが生活よ
岩木ひろ子（さいたま市）

「敵基地攻撃能力」なんでそんなことばがあるの？いらないでしょうこの日本には

憲法の原点ゆらす元宰相「核共有」と平和ぼけなり
権力者の偽り情報真に受けて国民盛るかの国の闇
上坂英光（札幌市）

七十と六年戦死戦傷者生まずのこの国「九条」尊し
「九条」を守ると言ふに一致する疎開者友と引揚者われ
鵜澤美恵子（横浜市）

師のことば「ヒロシマを観た」あとは黙《もだ》　この一言にこもる万感
この二月　瞬時に平和崩れけり九条こそは世界の宝
右手敦子（岡山・津山市）

小さき手にクレヨン握りぐいぐいと虹色の世界はみ出して描く
語り部になりて九条守らんとをなご衆《し》集うまなじり決めて
枝村泰代（静岡・藤枝市）

核兵器禁止条約決議は孫の誕生日三年して批准国五十歴史は動く（孫は二〇一七年七月七日アメリカにて誕生）
亡父《ちち》の顔記憶なきまま過ぎ八十年いかなる戦死か遺骨《ほね》も還らず
江森トミ子（東京・東久留米市）

プーチンは柔の精神忘れたり北京五輪は遠く去りゆく
大石英男（静岡市）

九条は世界の宝反核の署名で光る日本の夜明け
大川君子（広島・呉市）

命住む青き地球を赤くせず侵してなるか九条在り

熱上げず静かに治めよコロナ禍を戻れ平穏な九条の日々

「安保法制は違憲である」といふ文字に弁護士の若き声が重なる
大口玲子（宮崎市）

「平和安全法制」と国がいふ時の「平和」とはどんな概念ならむ

モリ・カケに赤木ファイルに核兵器分有《シエアー》言う人の脳《なずき》の深闇
大久保巳司（愛知・設楽町）

平和とはすなわち九条　青き空　萎えゆく我が手にまだある一票

日に幾度ジェットエット燃料積み込みしタンク列車が米軍基地ゆく
大城幸次郎（東京・国立市）

休みなくアメリカ軍機飛ばすため燃料運ぶこの思いやり

二十年来変はらぬ友の年賀状「憲法守れ」と末尾に添へて　大野まゆみ（奈良・河合町）

「九条の会」の旗をかかげてスタンディングに立つ木々のみどりのやはらかき下

議事室にスタンディングの意思表示　澤地さんの隣りのとなり　大畑悳子（さいたま市）

戦いに狂える国に湧く憤怒　知らで季節は桜を咲かす

手おんぶで寝付きし孫も布団へと赤子と並ぶ九条永遠《とわ》に　大前みつ江（群馬・東吾妻町）

地震　雨　台風　コロナ　耐えて尚自己責任の憂国政治

世界に約した「九条」と思うずっしりと背負うごとく立つ今日の街宣　岡島幸恵（東京・町田市）

蝦蟇と棲む防空壕《ごう》で空襲に怯えたるわたしの願いはただただ平和

頂門に一針を得て地球丸コロナの後をいずこに向かう　尾形良政（福島市）

あらそいの世に生まれ出ず希望の灯九条消すまじ除夜の鐘きく

人間の性《さが》それだけで許されず弾丸飛び交うウクライナの今は
文字を変え「反撃能力」とう言葉　国会議員の脳の構造
小川源一郎（滋賀・草津市）

戦争を知らない人が舵を取る大和よどこを目指しているか
二十世紀は戦争の時代　二十一世紀はウイルスの世紀　人にもコンピューターにも
沖ななも（さいたま市）

「遺族の家」実家も婚家も戦死者の遺骨無き墓を今に拝み来
「君よ五月の風になれ」子らと歌って憲法九条世界の空へ（笠木透の「日本国憲法賛歌」）
沖田恵子（大阪・茨木市）

ＩＱの最も高き生き物のつくる世界に争い絶えず
改憲を目論む人等プーチンと同じ体質潜めておりぬ
奥山直人（熊本市）

感染の不安の中の「スタンディング」赤紙を手に仲間ならびおり
「アベノマスク」鼻に気にしつとつとつと話す翁は赤紙を読む
垣内輝子（大阪・岸和田市）

改憲の発射のベルが鳴っている今なら間に合うポイント変更
刃金研ぐ父が遺した大鎌だ〈おっどりゃプーチン〉明日は野に行く

岳重太（愛媛・松山市）

「自衛隊は？憲法九条どう思う？」高一の孫と新年談議
国防色知らぬ若者多く居て平和憲法守る集いに

梶原千津代（大阪・泉大津市）

戦争に協力せじの誓い持つ科学者会議打つ無謀な首相
核廃絶世界の意志の素早さよサーローさんも驚くばかり

加藤恭子（東京・立川市）

地球上の危機は迫れり温暖化に我も加担すエアコンの日々
改憲を許さぬ我等正月の深大寺にて署名訴う

加藤由美子（東京・調布市）

九条は不戦の砦この先も平和への道照らす光だ
あの山もこの美《ちゅ》ら海も青空もみんな子孫へ返すものだよ

金子つとむ（茨城・取手市）

「九条守ろう」ひたすらなりし同年の訃報におののく梅雨ふかき宵　釜田美佐（三重・多気町）

「九条を守る会」立ち上げし友の意志継ぎゆかな　生命ある限り

世界第三位軍事大国は亡き父母止めしいつか来た道　亀山和子（新潟市）

ＡＳＥＡＮの放つ輝き国を越え東アジアを大きくつつまん

玄関に用紙を並べて呼びかける「9条って何」問いくる人も　加茂京子（島根・松江市）

戦争を知らぬわたしも喜寿となる子にも孫にも銃は持たせじ

戦争も平和も地つづき空つづき一つの星のホモサピエンス　河合利子（岐阜・郡上市）

九条を踏みたをさんとかまびすし敵基地攻撃能力などと

永久《とこしえ》に戦争しないと誓った日　憲法九条今こそ守る　川岸和子（大阪・吹田市）

紅梅にメジロがチッチと飛び交いてひととき忘れる諍いの世を

いくさ世を生き延びたりし我なれば又の戦い諾い難し
痛めたる足引きずりながら憲法を守れの街頭署名に立てり
川崎典子（神奈川・藤沢市）

戦争で平和は生まれず何事か恐ろしき映像震えるわれは
9条は世界の宝と言いながら認めることなき今の政治は
川住素子（東京・小金井市）

戦争は風化させまい青い空に九条改悪反対を言う
尾木ママの虐待防止のセミナーは子を持つ親の実感となる
川田早苗（江戸川区）

「ひまわり」のシーン夫との再会は広びろとひろびろとウクライナ
林光「憲法前文」合唱曲夫は歌うと五月の街へ
寒野紗也（板橋区）

七つの海越えて届けよ鳥の歌　疫病《えやみ》侵略に喘ぐひと等へ
険しとも峠越えゆき憲法を暮らしに生かす春をば迎えん
菊沢陽子（京都・亀岡市）

日本国平和憲法永久《とわ》にあれ素手なる世界のはるかなれども
目覚むれば即ちわが身の癌を思い憲法を思ういのちのことなればただ
菊池東太郎（静岡市・故人）

「ナチスからウクライナ解放す」とプーチン77年前の日本の愚に重なる
「敵基地攻撃能力」を「反撃能力」に名を変えて自民は導く戦争する国へ
菊地直子（埼玉・上尾市）

日本式自爆特攻四十機原発襲はばどうするどうなる
皇居とは隣近所の市ヶ谷のデス・バイ・ハンギング昨日の如し
菊地宏義（江戸川区）

守り継ぎし平和憲法改悪許すまじ若きらの声さやかなり署名活動
外つ国の戦禍うれへし報道に今し甦る火群《ほむら》空襲瓦礫の首都
北野英子（千葉・柏市）

「9条」も「25条」も活かされて平和と暮らしを護る世であれ
時短をば求めるならば補償せよ緊急事態宣言の下
北野裕（大阪・茨木市）

畑田重夫さん白寿の魂ひびきくる諸悪の根源安保条約と
しあわせの追求権なりこの一条にわが心寄す子らの未来に
杵渕智子（練馬区）

不意打ちの「真珠湾攻撃」思ひ出すロシアの無謀停戦遠し
改憲は又もや戦に繋がりぬ「九条」不変を永遠に
久保朱實（京都市）

孫たちがじいじじいじと叫ぶたびにこの子ら守る憲法守る
ウクライナロシア侵攻許さない戦争やめろ人民の声
久保田泰造（和歌山・海南市）

輝かせ9条今だ命と暮らし我闘うぞ世界の宝
九条を生かし広げて共に生き我が人生に悔いることなし
久保田昇（長野・飯田市）

日本国憲法九条守りたい　戦争するな平和を守れ
拷問を絶対禁止の現憲法「絶対」を消す自民党案
熊谷眞夫（岩手・盛岡市）

憲法の前文が好きハナミズキ咲く五月三日集会に行く
手をふれば手をふりくれぬ知り人は核廃絶の旗持つ我に

倉田淑子（茨城・下妻市）

コロナ禍に図書館でする戦争展実行委員は皆高齢者
孫ふたりできたる我に九条を守る信念確信となる

黒木直行（宮崎・日向市）

戦わず飲み込まれても飲み込んで民の一人も死なぬのがよし
戦争は国が始めて民が死ぬ民の憲法かえてはならぬ

黒澤正則（茨城・日立市）

時代閉塞のなお現状なれど啄木の代に持たざりし憲法のあり
西海の辺野古の沖の美《ちゅ》ら海に〝遺骨土砂〟入れて民意埋める

小石雅夫（東京・立川市）

遥かなるローマ法王来たれりは「核廃絶」の雄叫《おたけ》びなりき
憲法に「九条」置きてわが国は戦争しないと世界に誓えり

小杉正夫（岩手・盛岡市）

9条は戦没者の遺言戦争はしてはいけないさせてはならない　小玉信恵（島根・出雲市）

コロナでのあってはならぬ在宅死　至急切望救急体制（特に大阪）

がらがらと壊れてゆきてこの地球棘は大きく止めよ戦を　後藤幸子（名古屋市）

「核共有」被爆の国が云うのかとするどくあれと一本のペン

核兵器禁止条約遂に成る歩いた一歩確かな力に　小林和子（栃木・野木町）

根気よく訴え続け実現す被爆パネルの自治体展示

ウクライナの一部を「独立」させしプーチン「満州国独立」の仕打ちそのまま　小林登紀（足立区）

戦場に行く恐れなき者たちが九条変えんと声高に言う

反戦の位置を変えずに100年の政権競う党になりつつ　小松章（相模原市）

銃口が民狙う法次々と今阻止なくば子と孫ら射る

九条に守られ七十六度目の春　核戦争への振子が揺れる
斉藤毬子（埼玉・深谷市）

ミサイルや地雷ではなく麦の種をウクライナの豊かな大地は
自国の意にそぐわないから武力にて侵略するのは大国の驕り
佐伯萬魚（横浜市）

平家にはかくまで言いたり冒頭に「奢れるものも久しからず」と
共産党創立一〇〇年ぶれないで先の大戦反対つらぬく
堺谷九条男（堺市）

九条よ戦争駄目だ裏切るな居留外人泣かせちゃ困る
五月晴れ憲法守れとマイク握る軍都の歴史くり返させぬ
相楽淑子（北区）

朝晩と敵地攻撃ライブとは茶の間のテレビに飛びこんでくる
戦死して七十五年の歳月に兄の遺影のおぼろとなりぬ
佐々俊男（千葉市）

憲法改悪の動き急なり八十九歳がマイクをとりて駅頭に立つ

五十年変わらずにあり公務員試験の為に暗記す憲法
白と黒マスクが語る生き方をアベノマスクと差別への抗議
佐藤訓子（さいたま市）

希望湧くポストコロナをむかえたく憲法大事とスタンディングせり
平和憲法花を咲かさんとき来べし今の踏んばり功を奏して
佐藤靖彦（滋賀・高島市）

9条の及ばぬ空の今もありパパママバイバイ早や45年
防人の嘆息刻む歌碑の建つ丘にて誓う改憲ＮＯ！
塩野明夫（横浜市）

「憲法を暮らしに生かそう」垂れ幕を再び掲げむ京都府庁に
「反共は戦争前夜」の名言は重み増しつつ今も生きおり
柴田春江（秋田・能代市）

元号は使いたくない使わない主権は民に存するがゆえ
戦火避け土地も家屋も捨てさりし幾十万の難民の列
貫橋《しめはし》宣夫（福岡・久留米市）

東京の者ですがよろしいですかとう九条署名しくる人あり
あなたの歳に母さんの父さんは死んだのと父の戦死を息子に語る
荘司光子（三重・津市）

日本軍の三光作戦かくなるやロシアの蛮行映すテレビに
二千万余の命引き換えに生まれたる憲法九条いま輝かん
白江純美（宮崎・日向市）

戦わぬための闘い「九条」の旗握りしめ向かい風に立つ
先達に慣いて憲法の誕生日熱き赤飯つつしみて食ぶ
城間百合子（埼玉・春日部市）

戦無き世への希望と守らなむ　憲法九条を吾の一世《ひとよ》に
敵基地を攻撃するとぞ恐ろしき戦そのもの断じてならず
末次房江（千葉・柏市）

母の日に嫁から届くカーネーションきずな深めるありがたき日よ
憲法を暮らしに生かす政治をと求めつづけて我は生きゆく
杉山やよい（大阪・羽曳野市）

観音は平和の願い篤志集め小渕古刹に九条碑を建つ
九条碑に憲法前文刻しあり平和希求の決意を込めて

瀬戸井誠（埼玉・春日部市）

原爆忌時刻合わせて原民喜、小島恒久のアンソロジー読む
被爆者の願いに応える59カ国批准を果たし国際法となる

園田昭夫（千葉市）

古里の従弟《いとこ》訪ねて行く部落人影絶えて一面のやぶ
高齢者クラブ引き受けてやるからは九条読める会員便り

高久豊代子（茨城・水戸市）

戦争を知る父語らづ逝き久し戦後知るわれ九条こそはと
春あらし花びらはこびくる朝《あした》ひまはり柄のブラウス着よう

髙橋美寿子（練馬区）

基地問えば詭弁強弁なお止まず花も嘆くか国の行く末
覇権をば争う大国また出でてヒト科の進歩をいまだ誇れず

髙橋光弘（大阪・吹田市）

敵基地も攻撃に備う更にさらに果て無く続く軍備拡大
乗せられて防衛費増に同調す奪われていく生活《くらし》と命

高橋幸子（大阪・岸和田市）

五歳まで戦時に過ごせし吾の責務「被爆者の話集」世に出し了えり
戦後七七年憲法の改悪舞台に出づ押し返したし「新婦人」の結束で

武井愛子（東京・西東京市）

花明り行く先照らせ人類の戦なき世は必ず来ると
核使用あってはならないぜったいに歴史のあゆみ逆にすすむな

竹下文枝（堺市）

「九条を毀して平和どう築く」やんわりと問う曽ての友に
馴らされて見るなと己を戒めんテレビはきょうも戦火の画像

竹田春雄（横浜市）

星空はさびしい／遠くで光る／九条の星
平和があぶない！／世界の宝／九条を守ろう／皆んなで手を結ぼ！

竹村竹子（茨城・ひたちなか市）

厄除けのみやげをくれしこの孫に銃はもたせぬと憲法署名に立つ
温かき缶コーヒーを差し出して署名がんばってと主婦は駆けゆく

立松マチ子（愛知・春日井市）

支援に並ぶ若者見捨て／兵器爆買い決むるや悲しき
今までに／増して朝より訴うる／この党伸ばし明日を拓かん

田中仰美（大分・別府市）

コロナ禍に乗じて憲法変えたき輩生きて抗いたしきょうは啓蟄
阿波根昌鴻の道場に見き非暴力のしなやかな強さハイビスカスの赤

田中良（岐阜市）

日本にはいい憲法がありますね／異国の友はしみじみといふ
闘病にありても光る言の葉にコミュニストの心魂をみる

田辺ユイ子（熊本・八代市）

ウクライナの暗きシェルターに耐へる人の頭上に飛び交ふ重き不安よ
戦争をしない憲法が繁栄と希望を育つ広がれ平和よ

田沼とも子（群馬・伊勢崎市）

九条の会 全国交流集会
2006年6月10日
大江健三郎
小田 実
加藤周一
澤地久枝
鶴見俊輔
三木睦子

忘れたといわせはしまい「武器すてる」と世界に誓った我らの九条
こぶしあげ笑顔そろえて今日もたつロシアは手をひけウクライナ守るぞ

玉田ミタテ（大阪・泉南市）

何時の世も犠牲となるは戦争に行く人国に残される人
人間を番号で呼ぶそんな日の来ることなかれと空を見上ぐる

塚越房子（千葉・鴨川市）

どのような威嚇にも屈せず外交を日本の憲法世界に発信
武器持たず外交すすめ支援する平和を築きやさしい世界に

辻川育子（大阪・泉大津市）

戦争ののちこそ苦難は迫りくる身に染みおれば平和を願う
敵基地攻撃唱う政権のおぞましき戦場へのレール通してならず

津波古勝子（横浜市）

我が地にも九条の会再開だ！平和な未来手わたすために
我が妻とコロナで会えぬ日々の中又歌いたい笠木さんの歌

坪健治（三重・伊賀市）

「コロナ禍の今こそ憲法守るとき」永田和宏しづかに語る
オンライン憲法集会に参加する拍手をしたり頷いたりして
寺田慧子（京都市）

憲法の平和を守る九条を「変へてどうする」国政の人
オミクロン新型コロナ上陸す水際さくせん水溢れしか
遠山勝雄（宮城・松島町）

コロナ禍に右往左往のまつりごと自助自粛から主権は萌《も》え立つ
年明けの陽光《ひかり》まばゆき居間に座し改憲ならじと年賀につづる
戸田輝夫（札幌市）

憲法を顔赤くして説く教師想い浮かべて今孫に説く
ベアテさんあなたのおかげで世界を見仲間と共に未来も見てる
富田房江（京都・宇治市）

ザポロジェの戦慄の朝君の名を呼ばせておくれ未来くん
戦争を放棄するそのお心を語り合って分かち合って歩いて歩いて
富田川覚（三重・伊勢市）

日本国憲法にこそ明日がある／立つ位置がある／声出して読む
「非国民」／この単純のもの言いが／いつしか蟻の行列となる
内藤賢司（福岡・八女市）

原発が攻撃受ければ核兵器そのあたりまえをウクライナに識る
「おはよう」と声掛け背筋を伸ばしつつ九条文言看板を過ぎる
中久保慎一（豊島区）

町角で署名お願い腰ものび九条守る平和を守る
終戦は六歳でしたその後は九条があり八十三歳
永坂文子（大阪市）

父祖たちの部隊に囲まれガス弾を撃たれし邑のことを思えば
悪というイメージつくる潮流に歯止めかけねばかつての道が
中沢隆吉（江東区）

戦没者の慰霊碑なればよく似合う釈迢空の反戦歌碑は
標語には「歌に兵戈は無用です」九条歌人の会の会報
中島澈（岐阜・土岐市）

九条は習いましたと下校する児童らも寄るスタンディングに
中島壽美子（岐阜・美濃加茂市）

嫁ぎ来て小さく控えし我が今独りこの家《や》のあるじとなりぬ

「改憲」と戦争を知らず唱ふ人戦禍の子らの瞳見つめよ
中西清美（大阪・吹田市）

簡単に教科書書き換え通る今いつ許された政治の介入

人と人が殺しあうこと止めようよ憲法九条ただそれだけのこと
長野晃（大阪・寝屋川市）

空襲の焼死体を見た父はこの臭いだと鯨肉食べざりき

わがもの顔に屋根すれすれに飛ぶ米軍機ここは日本の桜花《はな》咲く空ぞ
中村美智子（東京・町田市）

「軍拡には軍拡を」したり顔した面々がここぞと軍事予算の増額を言う

疫病と地球過熱化捨ておきて戦購ふ武器の市《いち》立つ
中村美代子（埼玉・越生町）

自助共助公助の順は見誤る子ども食堂ヤングケアラー

国境へ一人泣きじゃくり歩く少年のいのちの行方　日がな思わる　中山洋子（大田区）

「戦争をしない国日本」と避難の人　九条の誓いを新鮮に聞く

亡き母の好まざりたる菊の花九条の国に吾が愛で初むる　中山恭子（高知市）

またたく間はじまるものが戦争とプーチンの顔貌《がんぼう》しっかりと見る

我が憲法非戦日本の旗印　背後に屍三百万　西嶌國介（大阪市）

プーチンの狂気につられ狂喜する凶器のボタン欲しがる狂気

九条の熱き心を世にひろめ世界の平和を永遠《とわ》に築こう　糠澤信子（福島・郡山市）

憲法の実現めざし頑張ろうおだやかな日々豊かな生活《くらし》

9条と国連憲章・核兵器禁止条約は平和の基《もとい》　乃木倫子（大阪・泉南市）

声をあげ立ち上がるのはわたくしの尊厳のため未来のためだ

剣をとる者は剣にて亡ぶという阿波根さんの言葉かみしむ　野口栄子（相模原市）

無辜の民苦しむかげで顔みせぬ死の商人は糾弾されぬのか

コロナ禍のどさくさに紛れて憲法の改悪狙うか国民は死守強く　信岡勝政（川崎市）

放題の破壊と殺戮繰り返す世の常識で如何に裁けぬか

病後の父は言葉出ずも目で伝う語り部となれぬも9条守れと　野村耕司（神奈川・綾瀬市）

亡き母は吾を背負いて逃げしとうキーウと同じ横須賀の町

広島忌平和の鐘を撞きながら友は語りぬ空襲のこと　波來谷傑（兵庫・姫路市）

古に兵戈無用と釈迦が説く九条守れ今その時ぞ

全否定わが人生を全否定するがごとくの改憲を聞く　橋本英幸（愛知・東浦町）

戦費もし癌研究に回すならいささか延びむ我の余命も

歌に憧れ歌に明け暮れ今日もまた特養ホームを巡る老いの意気
九条を守り抜く決意新たに息幽《かそけ》くも礎《いしじ》とならん
畑井馨（宮城・柴田町）

転進も玉砕も知らぬ恥知らぬ記者が権力と今めしを喰う
ウクライナ逃れる若き親子らに敗戦引揚げの亡き母重なる
馬場昌子（大阪・枚方市）

イスラエル、ミャンマー、ロシア武力にて圧する国に大小は無く
政治家は誰も信用できぬという人に告げたし全部ではないと
林省二（滋賀・大津市）

五兆円さらに越えゆく防衛費コロナ対策遅れたままで
街頭で配る核廃絶のビラも無視知ってほしいこの国の危機
林雅子（大阪・吹田市）

科学者の任命拒否を新総理終了と言い体良く誤魔化す
何事も思えば人が原因か穏やかに暮らす平和がほしい
平野博子（神奈川・藤沢市）

嘘のやうな言葉に全てが始まりき　アンダーコントロール、理想的気候
復興からコロナ克服へと宗旨替へ感染不安止まざるままに

平山公一（千葉市）

自分から「九条守れ」の署名する少年のねがい心に刻む
コロナ禍で心の友に会えぬまま別れの朝はマイナス十度

深澤雅子（山梨・北杜市）

ウクライナの危機に乗じた改憲論憲法九条は我らの指針
安全保障グループ分けが動き出す我らの血肉は平和憲法

福井恵子（埼玉・川越市）

抑止力としながら「核」が威嚇する世界の原発一万五千
武力では地球が破壊「九条」の「戦争放棄」が人類救う

藤田貴佐代（千葉・我孫子市）

恒久の平和を込めた憲法は今こそ力発揮する時
軍事費を二倍にすれば安全か社会保障費削減しても

藤田敬子（茨城・古河市）

病棟に今日は何を届けよう会えない時の思いを込めて
人類史は未来社会を希求する九条羽ばたけ平和を拓け

別所陽（大阪・吹田市）

ゆくえなき遺骨の中の幾片が兄かも知れぬ「千鳥ケ淵」に
兄達の屍の上の墓標なり憲法九条ついゆるなかれ

星野久子（東京・東大和市）

アメリカと核シェアリングをと言う「維新」とうとう本音のあらわとなりぬ
コートジボワール六十番目に核禁条約《じようやく》を批准したとう「赤旗《はた》」の記事うれし

堀正子（大阪・寝屋川市）

九条は餓死せし父の遺言と支えと成して八十路を生きる
永久に戦争放棄を学びし日喜びあふる中一の時

堀部富子（岐阜・本巣市）

我ら皆九条となりてこの国を見守りており忘《わ》するべからず
和魂《にぎたま》と鎮《しず》もりおれず出《い》でゆきて叱りとばさむこの国の政《わざ》

真栄里泰山（沖縄・那覇市）

反戦の学徒を殺めしとう父の罪を語れず語らず戦後
冬バラの玄関に待つ憲法を変えてはならぬの署名一筆

真久絢子（千葉・銚子市）

澄みわたる山の谷間のせゝらぎに似たる九条大海に出でよ
絶え間なく流るゝせゝらぎ九条よ我らの生きる地球包みませ

増田悦子（埼玉・東松山市）

金型の刃合わせにハンマー振り下ろす油まみれの汗を拭きつつ
模擬原爆落とされし街に語り継ぐ憲法九条平和への思い

松浦直巳（静岡・島田市）

民主主義の鬆《す》に独裁の芽はありやロシアを学び日本を探る
国民を騙し操り独裁にプーチンを日本に育ててならず

松崎重男（茨城・古河市）

「岸　を　倒　せ」倒しはしたが戦犯の子孫がいまだ統べる国とは
両親《おや》が逝けば疎開地捨てて六十年生きて流浪の思いは去らず

松野さと江（山口市）

塾に来し子は今軍服姿にて挙手の礼などして帰りたり
九条は無力と変はりたる友に地球破滅を自信なく説く

三浦好博（千葉・銚子市）

黒い目を細く開いて何を見る憲法記念日生まれの君は
誕生から七十五年の憲法を守れ戦禍に泣く子なきよう

三澤惠子（埼玉・深谷市）

焼跡の国に帰りて身にしみる憲法九条に生きてゆくこと
エンディングノートに記せというならば九条大事その他はなし

水野昌雄（埼玉・川口市　故人）

千曲川から吹きあげる強風「憲法九条守れ」の旗　激しくはためく
メッセージ掲げスタンディング走り去る車の中共感の笑顔に力湧く

宮原志津子（長野・坂城町）

咢堂は新憲法の百年樹　そびゆる日まで見守ると言ひし
大銀杏の枝打ち続き　九条の芯は切らせじ吾らおらばん

南浜伊作（千葉・柏市）

この夏に孫が覚えし原爆歌「青い空は」共にうたえり
憲法は世界に誇れる宝物　孫に読みやる「憲法のはなし」
宮﨑博子（佐賀・武雄市）
憲法を「みっともない」と言う者よ。地位協定に何故、口噤《つぐ》む
九条は日本の宝。誇りもて、むしろ世界に拡げゆくべし
宮本清（埼玉・草加市）
憲法は加害被害の犠牲にて生まれしことを忘れてはならぬ
会えぬ間に白寿迎えし面会日軽き身体《からだ》を車椅子にて
武蔵野眞知（京都・宇治市）
「9条」を記したティッシュ配布するぴちぴちはねる二十歳の君へ
ウクライナ戦の中を逃げまどう子らを横目に雛を飾りぬ
村上つや子（大阪・泉大津市）
わが里は稲穂の黄色と曼珠沙華実りの秋の自慢の景色
汚染水うすめて海に流すという海はすべての生き物のもの
村田富美子（山口・小野田市）

改憲をめざす人らは誰もみな野党共闘を冷ややかに言う
いつまでも戦後であれと願いしも改憲せよとはもはや戦前

森下志久（大阪・吹田市）

今さらに武器は持たじと声に出す憲法九条尊く守る
ウクライナへ憲章無視し侵略す即停止をとロシア・プーチン

森鼻明子（京都・城陽市）

水色と黄色の旗の文字を読み下校の子らは手をふり返す
侵略の抗議と不安利用して改憲迫《せ》むをわれら許さじ

矢木小夜子（京都市）

九条に重なり浮かぶおもわあり征きて還らぬ人若きまま
歌いましょうと元慰安婦は鳩ポッポを巧みに歌う明るき声で

安武ひろ子（神戸市　故人）

堂々と誇れる憲法持つ国に生きて大きく背をのばしおり
娘の生まれた年に植えた「染井吉野」五十年経るもしっかり咲きぬ

山本榮（大阪・高槻市）

コロナ禍で非常事態法の成立をと予行練習せしや戦時体制の
とりわけ自衛隊明記を唱えおり平和憲法失せてはならじ

山本司（札幌市）

軍拡をコロナの群れがあざ笑うおじゃま虫なり世界の兵器
戦火呼ぶ基地むさくるしそめかえる地球まるごと9条色に

山本尚代（神戸市）

表情を変へぬ答弁巧みにも学術会議問題の論点ずらす
戦争への道を現代史に解き明かす加藤教授が外さるるは何故《なぜ》

結城千賀子（横浜市）

爆撃で片腕無くした少女不憫／看護師に聞く／私の手ある
権力者縛る憲法九条は／変えてはならぬ不戦の誓い

横山敏郎（東京・八王子市）

自然界／人の世界も／荒模様／コロナ蔓延／ロシア蛮行
阻止しよう／この機にねらう／改憲を／九条こそが／平和の砦

吉田光孝（神奈川・横須賀市）

千島艦沈没に一句残したり子規あらばえひめ丸をいかに歌はむ（『蝋梅の花』）
吉村睦人（大田区　故人）

民間人を戦車や軍艦に乗せることを米軍にならひ自衛隊もしてをり

衆議院改憲勢力三分の二　あらためて読む日本国憲法
吉本敏子（世田谷区）

混沌の世の一年を心して明るく生きむと誓う初春

自分ならそう言えるかと問うてみる祖国のために戦うと聞き
米澤光人（長野・千曲市）

でっちあげいかさまやかし改ざんにいんちき捏造　フェイクを引けば

わが内に入れ墨のごと沈みいるアジアべっ視の忌わしき性
渡部学（長野・伊那市）

八十年前の独裁日本と現代ロシアが同じ道ゆく

演習弾響動《とよ》む原野に牛飼ひを続けむと兄は夏草を刈る
和田山可扇（茨城・鹿嶋市）

「北方四島はわしらが島だ」と番屋の奥に網を繕ふ八十九歳

第2章

差別と犠牲を見つめて

沖縄・反核・原発

【第2章　差別と犠牲を見つめて】（一〇六人）

いまの世に／戦争しかけ／核兵器脅しに使う／国あるを憂う　相原君雄（宮城・多賀城市）

原爆を／落とされし国が／愚かにも核にすがりて／生き延びようとは

強制の集団死から生き延びた語り部に残る鎌の傷跡　芦田和子（千葉・白子町）

石材はサンゴの丘に投げ込まれ満月の夜の産卵果たせず

なんとしてもコロナを抑えんと努力する沖縄の町にマスク無き米兵　芦田美代子（岡山市）

話し合いを話し合いをと念ずれどプーチン攻めこむ　今すぐやめろ！

「沖縄を返せ」の作詞したる友らわが全司法労組の誇り　有村紀美（杉並区）

キャンプシュワブの門前に立ち並び怒りのスクラム組みしを忘れず

核兵器禁止条約批准せし非同盟諸国の力大きく　有吉節子（京都市）

維新の会三倍となり怒り湧く自民と共に改憲族ぞ

署名して戦争あかんと呟いた媼の顔に涙あふれる　生田淳子（大阪・寝屋川市）

ヤンバルの森にオスプレイのヘリパッド　鳥虫たちもつぶされていく

満身で赤きボタンを押す指の太くおぞましこれ見よがしの　石井弥栄子（川崎市）

「核」のボタンも斯く押さるるか　核持つ国の冷静ぞ欲し

美しき辺野古の海に土砂持ちて埋めると知りてわが心冷ゆ　石川忠（新潟・佐渡市）

いつしかにいつか来た道たどりしか九条の危機戦への道

記者会見「ゼレンスキー」と語る知事　沖縄の痛み踏み続ける国　伊藤和実（練馬区）

「父さんも戦争行くの」と駆けてくる　官舎の子らに九条届けん

プーチンは核で脅して侵略す　今こそ核の廃絶求めん　今井逸子（滋賀・大津市）

岸田さん選挙公約何処《いずこ》へか安倍院政のマリオネットかや

朝鮮学校　修学旅行は沖縄へ　朝鮮名の「礎」でアリランをうたう
今井治江（東京・立川市）

新自由主義　行き着く先が　これなのか　危機煽りたて　軍事の道に
今井正和（東京・町田市）

核シェアの議員も呑み込む洪水のようなコロナに誰ぞノアなるは
君らとの授業の思い出消すほどにキエフのビルから噴き出る砲煙
岩熊啓子（茨城・鹿嶋市）

原爆の死体の小山幾条も夜ごと燐光たちのぼりしと
平和なる世に生まれたり原爆の犠牲の上の幸かみしめる
岩橋雅子（千葉・柏市）

サガリバナ川辺に揺れてのどかなり豊かな自然輝く沖縄
沖縄の保育の窮状投稿す浦添の友の強き願い
上田精一（長崎・南島原市）

生きてあらばよきことのありＩＣＡＮの受賞を仲間と喜びあいぬ　※ノーベル平和賞
プーチンの狂気に乗じて「核共有」ほざくアベらに虫酸《むしず》が走る

核禁条約核廃絶へ広めよう批准要望の署名を頼む
砲撃を受けし家に乳母車使いし母子は胸にせまりくる

植松康子（埼玉・草加市）

核禁条約の発効も無視し何をか云うただ喋喋と日米共同宣言（21・4・16）
氷河解けつつオットセイ鳴けば文明の果《はたて》の恐れめく真夏のテレビ

碓田のぼる（千葉・我孫子市）

行動の呼びかけビラをつくる夜もわが胸熱し沖縄《しま》の声あり
津波に襲われしごとく友逝けり医療崩壊大阪の街

榎本よう子（埼玉・入間市）

核廃絶とビキニ事件を語りつぐ又七さん義妹の決意私も共に
又七さん眠る墓所にはいつの日にか吾も眠らんこの町に住みて

大石江里子（静岡・吉田町）

「えひめ丸4代」裡深くおき手を合わす地位協定はコロナにおよぶ
わすれないくりかえさせぬと母うたう二月十日の宇和海よ凪げ

大川史香（愛媛・松山市）

復帰して五十年経つ沖縄よ居座る米軍基地もそのまま　大城正保（東京・立川市）
沖縄の寄せては返す波の音怒濤白波時にやさしく

日米軍事同盟／無くせば不安と言うなかれ／呪縛を解いた身を想起せよ　大津留公彦（埼玉・三郷市）
「21世紀には／常備軍は不要となる」／　新しき明日来るを信ず

沖縄戦衛生兵で自決せりその日の空は青かったですか　岡崎志昴（杉並区）
フクシマは区の歌会に如何かと異議申立ての男が来たり

弾《たま》に死に今また海に沈みゆく沖縄戦の死者は眠れず（辺野古基地埋め立て）　岡田信行（大阪・高槻市）
炎天の陸橋に伏す物乞い《ベツガー》に梅田のビルの影は届かず

沖縄に心を寄せて我も歌う「平和の鐘」を　函館合唱団　岡元薫（江戸川区）
原発の負の遺産は残すまい願いを込めて「海を空をいのちを」の歌

「長崎へ孫と行きます」と原爆展　見に来た人が声かけくれる
小川シゲ子（神奈川・箱根町）

鶴折る子「持って帰りたい」と云う　二つ折ってね一つは広島へ

灼熱のあの日の広島歌う時無念は今も蘇りくる
小川美智（杉並区）

警官と対峙のときを砂川にほうはいと湧く「赤とんぼ」のうた

素粒子に出会うことなどなくていいが甥と姪の病進行してゆく
小木宏（東京・八王子市）

こんなにも静かに怒りが滾てゆく両手で掬う沖縄のうた

砕かれし世界に誇る珊瑚礁群基地建設で宝の海死す
小木曽愛子（大阪・泉大津市）

基地いらぬ平和願った本土復帰50年今はさらに強化され

母と子の重なる遺骨の土ぬぐう具志堅さんの指が震える
奥田文夫（大阪市）

米軍のパラシュートの布張りつけし三線爪弾《つまび》くオバアの島唄

被爆者の思いを包み実りたる核禁条約今年元年
4・28「屈辱の日」は巡り来て辺野古に不屈の闘い続く
長勝昭（大阪・枚方市）

この勝利ひびけとどろけ内外《うちそと》に　いくさ拒みし島の肝心《こころ》よ
この手にて暴政止める　時は今　主権者われら思いひとつに
小渡律子（沖縄・那覇市）

焼け落ちし被爆マリアの黒き眼に映る未来の平和であらまし
五つの灯《ひ》見ゆる所が爆心地と夜景ガイドは幾度も語れり
小俣眞智子（東京・狛江市）

「第二の加害者」の吾もひとりか胸を刺す言葉炎《ほむら》立つ今日の沖縄
「沖縄はまた捨石か」悲痛なる叫びにひと日わが胸苦し
桂アグリ（杉並区）

にんげんのつくりし悪をにんげんが止める条約に「ヒバクシャ」の文字
ウクライナの国歌ひびかせ絵も添えてロシアへ抗議すスーパー前に
かとうとしこ（名古屋市）

医療費の二倍化法案許すまじ病む膝かかえ署名に歩く
核兵器・気候変動・コロナ禍と「終末時計」は残り百秒

叶岡淑子（高知市）

ロシア軍侵攻知らす女性アナ震える言葉涙で途切れ
抱きたる沖縄の島米国に捧げる首相《ひと》の慢画の哀し

我那覇スエ子（沖縄・那覇市）

核抑止核脅しでは止まらない核無くしこそと老いのつぶやき
核開発を進める勢力は少数派阻止する勢力がまとまれば勝つ

鴨井慶雄（大阪・吹田市）

沖縄の出撃基地化止めるべしそは戦争につながるが故
なにのこしなにつたえんや去年今年その筆頭は憲法九条

川根進（東京・小平市）

沖縄戦の遺骨をも基地に埋め立つる安保は成すやかくまで酷く
にっぽんの原発・安保を狂気なるひとりの男は火種と見るや

河村美枝（岐阜市）

沖縄のマンゴー包む古紙のばし〝ひめゆりの塔〟のコラムに見入る　菊田弘子（京都市）

感染者の数連呼するテレビ消し樹に架かりたるカイトを見放く

沖縄の「平和の礎」にカマドとう名の多くあり碑に刻まれて　岸敬子（岐阜・大垣市）

学童疎開で共に学びし沖縄の友等父母らに会えただろうか

戦争に御骨《み》となりて土に混じり辺野古の基地に征かされるとは　久我節子（福岡・那珂川市）

海辺より遠く砂場に桜貝色褪せて二個児に拾わるる

悠揚と心にしみる沖縄の島唄かなしよ夏川りみよ　久保田武嗣（長野・上田市）

サトウキビ畑の歌を歌いつつ平和を語るにふいに涙す

朝刊の沖縄と今向かい合う「みるく世の謳」声出して読む　熊谷宗孝（埼玉・鴻巣市）

七十余年戦争のなき国に生きこれを奇跡と言わせぬように

バイデンと軍事費増額約した総理金額示さぬ国会答弁
原爆詩の朗読の夢叶いたり思い伝えん作者に代りて

桑田保江（静岡市）

守る為などと言いつつ為政者は核へ核へと近づいていく
今にして戦争犯罪だと思う中国帰りの叔父の話は

桑原元義（浜松市）

もどりたし／かき消す音に／咲き続く／基地くれないの／仏桑華われ
礼節の／島焼かれても／守りぬく／命どぅ宝／いくさ火は絶つ

小泉喜美子（千葉市）

震えつつ米兵に撮られし少女あり七十四年経て名乗り出でたる
タンポポの綿毛飛ばして遊ぶ子らウクライナにも春は来るのか

古賀八重子（静岡・掛川市）

核兵器禁止条約発効す被爆国日本今こそ批准を
青空と小麦色したリボン付けウクライナ支援街頭に立つ

小菅敦子（栃木・宇都宮市）

高空に呪文のような大き技さらに高く「金」平野歩夢さん　古菅康子（神奈川・伊勢原市）

パスポート必要だった沖縄も返還されしより五十年

就職時ロシア民謡高らかに友と歌った青春でした　後藤素子（名古屋市）

沖縄は応援よりも連帯を八十二歳のガイド吾に言ふ

真実を明かさせまいと蓋をする赤木裁判「認諾」の酷さ　小林京子（東京・狛江市）

容赦なく街や原発攻撃し命をうばうプーチンは人にあらず

昏《くら》みゆくビル群を背に夕映えの原爆ドームは燠《おき》として坐す　小山尚治（埼玉・川越市）

雨の濡れ「平和の礎《いしじ》」に刻まれし名前をいくども老爺はさする

象倒す蟻の寓話をそのままに「核兵器禁止条約」実らせよいま　小山ヤエ子（大阪・吹田市）

「核兵器廃絶」めざすと伝えきし被爆者友の力満つ声

「フクシマ」は「アオモリ」だったかもしれぬ　下北半島海霧にかすむ
コロナ禍の団結を削ぎウクライナに侵略の暴挙ＮＯ　ＰＵＴＩＮ！
今貴子（青森市）

「沖縄県民斯ク戦ヘリ」「リ」は完了にあらず県民はいまも戦う
土に生き干瀬にすなどることばなり　あきらめず、めげず、息切れせず
三枝昂之（川崎市）

辺野古沖水漬く遺骨のたゞ不憫此岸にありては忌掛《いみ》りしを
山百合の花清楚なるこの国でナチス想起す優生事犯
斎藤一義（兵庫・宝塚市）

国境を越えて難民ポーランドヘアウシュビッツのありし国へと
二十万の命奪いしこの島の「沖縄を返せ」まだ終わらない
斎藤健（埼玉・熊谷市）

フクシマの核汚染水辺野古の海　怒りの水の沸騰止まず
九条は退かざるもの凛として国のかたちの真ん中に立つ
坂本一光（大分市）

名前が刻まれた刻銘版に手を合わせる遺族＝23日、沖縄県糸満市

戦争準備 あり得ない

沖縄「慰霊の日」

「平和の礎」遺族ら祈り

沖縄県は23日、「慰霊の日」を迎えました。沖縄本島南部の糸満市摩文仁（まぶに）の平和祈念公園内にある「平和の礎（いしじ）」には遺族らが手をあわせる姿が多数ありました。今年度、平和の礎には沖縄県出身27人と、県外出身28人の計55人の名前が新たに刻まれました。刻銘された戦争犠牲者の総数は24万1686人となりました。

平和の礎を訪れた那覇市の渡嘉敷清次さん（79）は沖縄戦時、壕（ごう）に避難していましたが夕食の準備のため外に出た母親が、落ちてきた爆弾で亡くなりました。「（母親が）生きていれば親孝行もできたのに」―。戦後、生活が楽ではなく畑仕事の手伝いで学校にも行けなかったという渡嘉敷さんは「戦争が憎い」と語ります。

祖母も沖縄戦で捕虜になったあと収容所で息を引き取りました。

渡嘉敷さんは50年前の沖縄の本土復帰のときは基地がなくなることを期待したのに「減るどころか強化されている」と述べ、子や孫の未来のため「基地は無くなった方がいい」と訴えました。

祖父母のきょうだいの名が平和の礎に刻まれているという渡嘉敷村の伊禮梨美（いれい・りみ）さん（25）は、軍事費や戦争よりも今は暮らしへの支援をしてほしいと述べ、岸田文雄政権が狙う軍事費大幅増額に対し、沖縄戦では「これだけたくさんの人が死んでいるのにまた戦争の準備をするのはあり得ない」と語りました。

うるま市の當銘（とうめ）久美子さん（74）は、祖父母や叔父ら9人が沖縄戦に巻き込まれ、糸満市で命を落としました。遺骨は今も見つかっていません。

国は同県名護市辺野古の米軍新基地建設の埋め立てに沖縄戦犠牲

（しんぶん赤旗より）

故郷の想い託せり渡り鳥繋がられし兵士《もののふ》は土となりたる
うりずんの平和と雨はつきまじし鉄の雨さえ遮るものなし
櫻井真弓（横浜市）

骨眠る沖縄の土掘り起こしなおも運ぶか新基地の海に
冬空におりづるの像天を指し平和を学ぶ子らは戻り来《く》
佐々木公子（京都・宇治市）

日本はジェンダー指数百二十位先進国か後進国か
女性有志女川原発反対す負の遺産をば残してなるか
佐藤久（板橋区）

取り戻せ勇ましきことなれど何故《なぜ》何故《なにゆえ》言わぬ基地を返せと
国愛せ口では言うも一度とし地位協定の改定すらも
佐藤秀雄（埼玉・川越市）

今もなお「平和の礎」に犠牲者のその名刻まれる埋もれし遺骨
命つなぐ辺野古の海を守り継ぐ「沖縄の心」大きくうねる
佐藤ゆき子（千葉・我孫子）

どこよりも惨い戦のあった島この沖縄の青い青い海　志堅原喜代子（沖縄・那覇市）

慰霊の日　コロナウイルス六月の小さき沖縄大きく揺れる

大声で〈沖縄を返せ〉歌いたり復帰五十年基地のない島に　渋谷美恵子（京都・宇治市）

感染し親子四人が巣ごもりに吾はせめてもスマホで笑みを

核兵器で脅すも条約違反なら抑止力に頼るも共犯である　清水勝典（東京・国分寺市）

核兵器なくすことこそ脅威から逃れるすべと志位氏はずばり

地上戦を二度とあらすなこの島に我らの願いはただ「平和の世」　謝花秀子（沖縄・那覇市）

「沖縄を返せ」と歌いし遠き日よ復帰せし祖国の温度差を知る

八月は特別な月ヒロシマ・ナガサキわが生れし日は九日　杉原日出子（杉並区）

演奏の予定はなけれどひたすらに夫は毎日「キエフの鳥の歌」弾く（アコーディオン）

理不尽な無法ロシアの侵略で軍事・軍事の嵐が荒ぶ
抑止力とふ米軍基地が沖縄や日本の国を薄倖にしてる

図司信之（茨城・土浦市）

特養の父に知らせん「核禁条約発効」の日に息子来たれり
平和運動いちず続けて百歳まで生きし夫に金メダルあげん

炭谷素子（埼玉・蕨市）

献灯は今も灯るやサイパンのバンザイクリフの壕の暗がり
玉砕の島のヤドカリ高射砲残る浜辺に蠢きやまず

園田真弓（静岡・藤枝市）

敵基地を叩いて挙げし凱歌上がり残る怨嗟の声を聞くべし
五〇年過ぎて「復帰」の現実《すがた》知る祖国は遠く離れ行くなり

平良宗子（沖縄・糸満市）

福島の海に流すか汚染水漁民は怒る海を汚すな
関電の老朽原発動かすな　寒さこらえて集う五百（2021びわこ集会）

竹岡竹葉（滋賀・高島市）

二十万人の刻銘ありし「平和の礎」触るれば指の先より冷ゆる
棚橋和恵（岐阜・各務原市）

娘が髪を染めくる間も無差別にウクライナへの爆撃つづく

美《ちゅ》ら海を戦の海にしてはならぬウチナンチューの熱き闘い田之口久司（神奈川・横須賀市）

「あたらしい憲法のはなし」少年期に教壇の女教師熱く語りき

米軍の自由勝手の基地使用ヘリの墜落事件事故多発渡名喜勝代（沖縄・那覇市）

国民の命の重み皆同じ沖縄を盾の基地の配備は

戦時下に父母ら開拓せし土地に高層ビルの次々と建つ長畑美津子（岡山市）

底なしと半ば気付くもまだ続く辺野古の海の埋立工事

座り込みつつ機動隊を前に揺るがざり島の誇らかなアイデンティティは仲松庸全（沖縄・糸満市・故人）

したたかにしなやかに最後に勝つまでのウチナンチュの非武のたたかい

沖縄戦の遺骨代わりの「御霊石」基地に使うは死者への冒涜
西森政夫（高知・越知町）

コロナ禍に核戦争の瀬戸際かノーモアウォーは世界の願い

コロナ禍に女性のつどい開かれずミモザ一枝挿し連帯せん

核兵器禁止条約発効し世界が動くたしかな一歩
橋本恵美子（大阪・吹田市）

沖縄にはカンムリワシがよく似合うオスプレイが飛ぶと逃げる子どもら
沖縄の歴史は知らぬと言い放つ男が首相でいい筈がない
橋本忠雄（大阪・寝屋川市）

原子力空母艦上に笑みうかべ答礼をする首相を唾棄す
命じられ命じられ命じられて美しい海に土砂を投じる（『聖木立以後』）
橋本喜典（板橋区・故人）

声高に核共有を公言す押し返さねば9条盾に
核共有　敵基地攻撃公言に改めて読む憲法前文
長谷川一枝（神戸市）

核戦争起こらば勝者あり得なく　保有5か国世紀の責務ぞ
果てしなきコロナウイルス蔓延に根絶を越え共生はかれ
針谷喜八郎（茨城・古河市）

二十四万の赤き血吸いたる沖縄《しま》の土もの言いたげに仏桑花《あかばなー》ひらく
遺骨《くち》含み涙《なだ》をば含み血を含む戦跡の土砂に戦死者眠る
比嘉道子（沖縄・北中城村）

沖縄の感染拡大基地ゆえと魔の手ここまで日本襲いぬ
独裁の侵攻受けて起つ国を思いて心は痛むばかりの
藤原佳子（群馬・伊勢崎市）

「あら虹よ」声をかけたく見回せど誰も彼もがひたすら歩く
血迷いの夢さめやらぬ元総理核もち込むとう怒りに震う
船津祥子（大阪・吹田市）

目に溢る五月の空よマリウポリの壕の人らにこの青空を
議会にて「核共有」を説く市議よ「非核宣言都市」の由緒を思え
堀美保子（東京・昭島市）

ウクライナの少女の声はシェルターの中　死にたくないと泣き声で云う
「みるく世《ゆ》」と謳う少女の柔き頬　もっと怒れよ沖縄返せと

本多雅子（大阪・寝屋川市）

沖縄がいくたび民意を示ししも今なお基地あり怒りは深く
軍拡のいきつく先に安堵なし9条はかがやく平和への道

本田良（千葉・四街道市）

ふるさとの沖縄の基地撤去され平和と笑顔満ち溢る夢
春風や土筆・菜の花咲く土堤を快癒一家へいちご届ける

宮里英彦（大阪・忠岡町）

ヒロシマに重なる哀しみ、豪雨と猛暑に奪《うば》われた命
平然と首相は平和を唱えおり「核兵器完全廃絶」を言わず

村雲貴枝子（広島・三次市）

全村民避難九年目の飯舘に黒牛憩ふ秋風のなか
八十七歳にて第五福竜丸元乗組員大石又七氏死す無念の一生

安田恭子（千葉・市川市）

核兵器禁止条約は発効した　地球のみんなの命の希望
時と汗と義務で払った税金は優しい人に託すべきだった

八波美智子（鹿児島・鹿屋市）

青き麦を我がもの顔に倒しゆく戦車の跡は深く抉る
十二万の沖縄の民が失わる地上戦のこと教科書にあらず

山縣佳子（岐阜市）

食レポの番組はびこるそのうらで核共有論は首を擡げる
戦争を知らぬ議員の危うさよ敵基地攻撃能力を持つと宣う

山口智子（岡山・瀬戸内市）

カタカナのヒロシマ・ナガサキ消去して漢字で書く日訪れるよう
軍用地ゼロパーセントなる日まで永久《とこしへ》なれど闘い続く

山口泰（神戸市）

「土地利用法」のもつ狡猾さ沖縄の「基地反対運動」の根絶見据え
シャリアピンのボルガの舟唄悲しかりかつて人民の造りし国よ

横井妙子（杉並区）

被爆国なれば条約批准せよ平和の道は核廃絶と　横田祥子（埼玉・深谷市）

青春に唄い踊りし「カチューシャ」や「トロイカ」口ずさむも悲しき

「黒い雨」浴びて七十六年後ようやく被爆者手帳の交付よ　和田トメ（江戸川区）

開戦から八十年経て映像の行進に思ふ「生きて帰って」

埋め立てに遺骨の混じる土砂使う工事は民の尊厳壊す　渡辺澄子（京都・宇治市）

弟の血染めのパンツ母抱きて「水がほしい」の声今もなお

福島から届きし野菜分けるのに幼の居る家避ける我あり　渡辺久子（板橋区）

線量のいくつになれば安全と迷わず思う日はいつ来るや

ミャンマーの軍事政権の凶行を忘れるなよとテレビは伝え　渡辺久子（神奈川・湯河原町）

「核兵器禁止条約批准せよ」議会の意見書プラカードにして

褌《ふんどし》の白旗揚げ甘蔗《きび》を刈る　鉄の暴風　時止まずとも
戦争《いくさ》なき願いは誰も人々の築いた故郷《くに》の　黄金《きら》なる大地《はただ》

我等大地（千葉・我孫子市）

第3章

誰でもみんな大切に

コロナ・政治

【第3章　誰でもみんな大切に】（一三一人）

アスリートの国名を聞く入場行進平和に遥か遠い国あり
この星は人種・文化の差別あり見えぬコロナが等しく染めゆく

安威道子（大阪・豊中市）

原発も核兵器もなくすため止まらず一歩ふみ出す決意
イノシシに荒らされ家は空洞なり十一年の悲しみ深く

青嶋智恵子（群馬・沼田市）

犬猫に劣るが世襲の力もつこのニッポンといふ国あはれ
憲法を敬さぬものを国会に送るべからず―国民の義務

阿木津英（目黒区）

いぬふぐり今年も咲いた　くにさんの命のように涙のように
アンネらは息ひそめつつ生きぬきて人に守られ人に殺さる

浅井あさみ（岐阜・瑞穂市）

人流とは嫌な言葉よ民人を物の流れと見て殺す
コロナから国民守れぬ権力が国を守ると言うは信じぬ

芦田安正（京都・宇治市）

コロナ禍に中止やむなき順三忌長源寺の白梅ひそかに散るか
こどもの日・母の日・私の誕生日五月の宴をコロナが奪う

阿部美保子（板橋区）

一年ぶり蕎麦屋に入り黙食しマスクをかけて友と語らう
コロナ禍の開けてマスクを外す日に備えて毎日口角上げる

新井康子（群馬・伊勢崎市）

ヒト科のみ「三密」避くるコロナ禍の水鳥の群れ夏を憩へる
排除したき「三密」もある「秘密法・日米密約・内閣機密費」

池田美恵子（名古屋市）

コロナ下に日々眺めいるペットショップ子犬も子猫もひたすら眠る
俯いて夏の木陰に待つ人らワクチン接種大規模会場

池田資子（川崎市）

コロナ禍の中で紫陽花少しずつ色を変えると日記に記す
食卓のトレーに一枚紅葉置き今日一日を良き日に変えん

篠《いざさ》裕子（岡山市）

アメリカに押し付けられし憲法も息苦しくなく何で改憲
ひねもすをコロナ番組見て過す妙案出ない専門家会議

石田正和（静岡・島田市）

眼鏡なしでコロナは何如にと新聞を読める幸せ九十五歳
人生の春夏秋冬こえて来た吾が人生の思い出あれこれ

石原フジヱ（大阪・高槻市）

四年待ち政権獲りに挑めども叶わぬまでも成果残せり
選挙後も野党共闘《きようとう》潰しの大合唱われの負けん気掻き立てるなり

泉勝男（滋賀・高島市）

うっすらと梅は咲きたりオミクロン感染者の数最多の朝《あした》
留まりて国を守らん人たちの背後にミサイルの黒煙が這う

いずみ司（神奈川・小田原市）

コロナ禍の世にもマスク身を守るよろひの如くその列長し
花付けぬ柚子にぞ長しとしつきの互替はりのみづとなり入る

伊勢田英雄（横浜市）

消費税にコロナの追い打ちの商店街弊続く我が町とげぬき地蔵
千川沿いの河津桜は満開なりウクライナにも花など咲けよ

市川幸子（豊島区）

おぞましい欲に地球を壊す人間真っ青な海が泣いているぞ
戦国の世がいつまで続くのかこの青い星地球人間よ神の声を聞け

市川光男（長野・箕輪町）

川沿いの緑地に遊ぶ子どもたち三密避けて離ればなれに
テロリスト生む憎しみの連鎖は許さない市民を狙うウクライナ攻撃

井銅てるよ（杉並区）

細菌と医療のせめぎ合う日々を余所事としてミサイルは飛ぶ
寝て起きてテレビのみにて知るといえ今日の政治を諾わず居り

井上美地（兵庫・西宮市）

ウクライナの地下に避難す人々に防空壕へ潜りし日顕つ
泥沼の太平洋戦争思わせて三年つづくコロナ戦争

今井紀一（大分市）

アメリカのためにに世界はあるのだとほざくトランプすごすごと去る
学問のガの字も知らぬ菅などが学者選別とは笑止千万
入江春行（奈良市）

甲子園を球児の知覧にするまいぞ連投志願に科学とどかず
ダイヤルがいまや5《ファイブ》Gあの夏のヒロシマ型の今を思えり
岩瀬順治（広島・福山市）

戦後誓ひし恒久平和はさま変りいまなほ平和まだ大丈夫
こんなにも人は無力か戦争を防げず今は独裁防げず
岩田正（川崎市・故人）

巣ごもりの部屋ぬけ出してひさびさに近くの店へ買い物に行く
台風に森林火災猛暑あり青い地球はいま気候危機
岩渕憲弥（足立区）

若者と「戦争反対」とどろきぬキエフの鳥を歌いしあとに
下請けの管理職なる友の心病みて袖にそっと触れ来る
江川謙一（浜松市）

高校に合格するも登校できない　コロナに会えたら文句言いたい
三カ月自粛自粛でもう駄目だ　あの大空に飛んでゆきたい

大井紗奈美（埼玉・ふじみ野市）

縫いぐるみギュッと握った戦地の子　母の差し出す手を頼りにす
冤罪と抗い続け三〇余年　椿を愛でて春逝きし人

太田久恵（徳島市）

武力には武力をと言う人を説けず仕舞いきハンドマイクを
ウクライナの郷土料理と知りしより生地から捏ねてピロシキを焼く

大畑靖夫（熊本市）

散る花もさわやかな風も一人じめコロナで誰もいないベンチも
散歩道枯れ草のなか一輪のたんぽぽ見つけてそこよりハミング

大政恵子（愛媛・松山市）

焼け跡に生まれしこの身いつ知らず炎の匂い底ごもりいて
そこここに蠢《うごめ》きながらコロナ菌わが棲む星をかげらせてゆく

岡貴子（練馬区）

コロナ語に三密黙食ディスタンス淋しい言葉の消ゆるを待てり　岡田美智子（さいたま市）

他人《ひと》の背を見て黙々と歩きゆくまさに人流われも人流

ウクライナの焼跡見る度敗戦の悲惨な思い出「子らに平和を」　小川民子（京都・城陽市）

自粛とけ「ゴールデンウイーク」親子連れ目的地に発つ空港の群れる

死者ゆうに六百万人超えし表コロナウイルスに世界揺るぎぬ　荻本清子（さいたま市）

議論され訴えつづけて平和なる意味問われゆく憲法守る

九条を守れのプラカード首に下げ駅頭に立つ署名を求めて　奥恵子（北九州市）

ポスター貼り頼みし家でもらいたる取りたて玉ねぎニンニクの茎

コロナ禍の注意喚起の有線放送《ゆうせん》に古道を急ぐ追われるごとく　奥田君子（京都・宇治市）

物価みな上がる昨今年金は年ごと減りて氷雨身に沁む

コロナ禍の会議はいつもリモートでマスクはずして口紅を引く
平堀の銅山跡の山道を朴の落葉を踏みつつ登る
小田恵子（山口市）

補聴器と老眼鏡さらにマスクして我八十歳初夏の街行く
いろいろな手づくりマスクがファッション化コロナは去らずも楽しみはある
梶原清子（文京区）

コロナ禍で怯える地球に「ハヤブサ」は持ち帰りきし未来の光
片腕を失いてなおもママを案ずこの子の傷《いた》みを誰《た》が癒せるや
加嶋のぶ（大阪・枚方市）

岸田総理敵基地攻撃有りというアベの声のみ聞く耳持ちて
コロナ禍に五輪開催強行す自宅放置の患者見殺し
片山洋子（さいたま市）

コロナ避けタクシー乗ればドライバーのナビ撫でる指ネイルが光る
久々に落ち合う孫に目印を聞けばメールに「髪色・紫」
金子りえ子（板橋区）

言の葉と感覚磨き我生きん　かの国々は今も戦場　唐亀美影（港区）

値も上がり血圧も上がるこの頃や庶民の救いいずれにかある

もしかして改憲政治のその先に戦後初の戦死者出るやも　河﨑展忠（岡山・玉野市）

公の助け少ないコロナ禍に自殺急増を新聞に読む

コロナ禍の自粛ややゆるみ花めでるにニュースに聴こゆ砲撃音が　川本宏子（静岡市）

さあれど21世紀は兵戈無用甲子園球場の若者の清し

夜明け前激しき雨に目覚めたりウクライナ救う穀雨の合図か　木村朝郎（群馬・高山村）

風花のひねもす止まぬわが郷もコロナ禍恐怖に母校閉ざせり

人の世のおぼろに見ゆる梅見月コロナのおびえ久しからずや　木村晨二（滋賀・草津市）

コロナ禍やさらに賜る地に伏すを海山モクモク氷山裂ける

自らの無策の責を憲法に負わせて政権は改憲を策す
気がつけばディスタンス感しみつきぬ井戸端会議も一歩さがりて

楠山繁子（滋賀・大津市）

カフェ楡の扉《ドア》の鐘《チャイム》が耳印　白杖の人に音の地図ある
コロナ禍に人少なる街なかに失はれたる耳印はや

黒木三千代（京都・木津川市）

今に聞く平和の願い「イマジン」のジョン・レノンの歌哀しく沁みる
コロナ禍をものともせずにマスク越し大声あげるワンパク集団

黒島洋子（大阪・吹田市）

コロナ禍中東京の孫に母は書く見えぬ目で書く「ガンバレ！」と赤
わが耳は眼鏡マスク補聴器の重みに耐える福耳ならむ

桑名千代子（愛媛・松山市）

コロナ禍の厳しき冬をのりこえてシクラメンは次つぎと花を咲かせり
マスクせぬ人と行き交う商店街コロナ恐れて少し距離おく

桑山真珠子（大阪市）

玄関に居間にキッチン寝室に車の中にマスクだらけだ
にっこりと笑う日が無いコロナ禍で保育園児の散歩に出会う
こいけいさを（沖縄・南城市）

この夏をどうにか越すや妻の遺した金木犀香る生きよというか
「お答えは差し控える」と連発の総理まさにアベより非情
小泉修一（東京・稲城市）

大雪とコロナ感染に身は凍え　うずくまりつつ湯タンポを抱く
学校も教会も橋も爆破されウクライナの人ら春奪われし
河野百合恵（江戸川区）

ウイルスの手中に入りて右顧左眄我慢ここまで政治を変えん
コロナ禍が過ぎし世界を変えんとて奮起す仲間よこれぞ連帯
小阪陽出子（浜松市）

三月よりコロナ病棟の主任です大変とやりがい告げくる娘
みかんの花蕾む畑に立つ日暮れ低空飛行の三機が過ぎる
児玉恵智子（鹿児島・奄美市）

また叱れば途惑う笑顔凍らせて夫は頷く汚物の上で
キャンセルが相次ぐ旅行社の息子なり「コロナで死ぬより首吊るようだよ」
榊原昭子（相模原市）

どうすれば「町並み」の店が賑わうか干し芋干し柿せっせと作る
コロナ禍で派遣の友は収入ゼロ　ハローワークに目を伏せ通う
佐倉京子（愛媛・松前町）

胸の奥ざわざわとした記事続く六名学者拒否する首相
若き日に歌いし「ともしび」口遊み憲法9条ロシアにあらば
佐藤よし（北区）

此処をはや抜けだしたきよ今もなほマスクの沼に足を取られて
戦争はかうして起こるかウクライナへ攻めこむロシア軍を息つめて見る
沢口芙美（練馬区）

小国の平和を壊す大国の愚かな争い時代錯誤なり
コロナ禍のマスク生活子どもらの心の成長に不安を覚えたり
島村政子（さいたま市）

ジャワ島の海水につかることをしり二〇五〇などと言っておれるか
六階の窓より見える油山梅雨のかすみをいとおしみおり
下島敬子（京都・宇治市）

コロナ禍の面会も見舞もなき真夜中に心に沁みるワンの一声
眠られぬ長き一夜を励ましぬ「新婦人新聞」の記事の明るさ
杉本博子（中野区）

峰の坂見渡す空はあかねいろ冬枯れの森に笹鳴きを聞く
弟の墓に詣でて祈りたりコロナ禍の日々兄ら呼ぶなと
勝呂誠司（埼玉・所沢市）

喜寿祝いケーキ食べたべ子どもらと　ウクライナのニュースのどにつまらせ
コロナうつ友人励まし我もまた物価上昇　心沈みて
鈴木廣子（東京・立川市）

病院・保健所つぶしの自公政治コロナの襲来に命が守れない
許すまじプーチンによるジェノサイド虫けらのようにいのち奪われ
鈴木正彦（千葉・柏市）

ジージーと鳴くセミ　まるはくわえきて手柄顔するわが前に置き
悲しみの涙が心の壺を溢れるとき笑った日々が私を支える
千把京子（東京・町田市）

失業者百八十三万人沈みおり格差日本の弓形軋む
仕事なく炊き出し並ぶ若者の人智切なき玉姫公園
高木広明（千葉・松戸市）

「まだ来ない時代を求めるのも恋」と心くすぐる馬場あき子さん
「時代へのわななきがない」と金時鐘《キムシジヨン》　詩を突き抜けて短歌に刺さる
髙橋貞雄（堺市）

コロナ禍に負けぬ気概ぞ火のごとくカンナ燃ゆる道「赤旗」配る
麦畑に矢車草の青い花戦火の国の痛みを思う
武井幸枝（埼玉・久喜市）

「にぎってもにぎりしめても命がこぼれる」コロナと闘う医療者歎《なげ》く
「大阪にも野戦病院を」野戦とう戦時用語に肝を冷やせり
武野フミヱ（大阪・八尾市）

森友改ざん国は幕引き表明許してなるか責任放棄
多胡賢二（滋賀・高島市）

夫自死真相見えず雅子さん辛さ堪えて記者会見

接触者となりしわれなり後悔と不安にまみるるひとりの部屋に
田島久美子（群馬・伊勢崎市）

コロナ禍で七カ月会えざりし子の笑顔スマホにはじけるビデオ通話で

コロナ禍の苦難に喘ぐ民救え国会討論テレビに見入る
田島百合子（神奈川・小田原市）

幼児を胸に抱いて避難するウクライナの母今はいずこに

安心を安全をと述ぶる呪文やその目は言いおり「自助でしょ」と
舘ヒサエ（札幌市）

世間はコロナ　憲法かえると騒がしく知らぬとばかり八重のバラ咲きほこる

戦争はしないさせない　人として当然のこと反戦デモは
田爪方子（宮崎・都城市）

場所にあらず症状にあらず黒い雨に打たれしことをしかと認めよ

コロナ禍で切迫早産医療なく母に抱かれぬいのちいたまし
コロナ禍のなんでも相談ビラ配り「友にもやるから五枚くれよ」と
田中なつみ（千葉・我孫子市）

ワクチンは長くは効かず次打てとマスク外せぬ三度目の春
戦争の世は知らねども死者数の毎日増える中生きており
田中浩子（兵庫・伊丹市）

三吾氏の痩せたる胸を聴診す　鼓動は遠き多喜二に重なる
――多喜二の弟――
櫛田ふき・らいてう・順三ありし日の代々木病院にわれもありたる
たなせつむぎ（大田区）

オミクロン寄せては返す波のごといつまで続く　ソーシャルディスタンス
侵攻され悪夢の中のその国の子等の笑顔のもどるはいつか
田辺鈴子（神奈川・大和市）

江戸詣で　往時をしのび桜木の中を歩いて　殿さま気分
コロナ禍に桜の開花　待ちに待つ喜寿の祝いは夫婦のみなり
田上賢一（鹿児島・出水市）

花待たず友は逝きたりコロナ禍に暇をつげる術なきままに
ソビエトは幸住むと訪ねゆきしプーチン誤算にロシアおお揺れ
たんだにまりこ（岡山・倉敷市）

安らかに眠れぬ人に子どもらに残しては逝けぬ「戦争法」は
より過激により残虐になっていく刻々と見る戦争というもの　（ロシアのウクライナ侵攻）
千葉洋子（山梨・北杜市）

窓の外眺め夫は六回のため息つきて外出自粛す
隣人のコロナ感染うとましく思う心の尚もうとまし
中川恵美子（滋賀・高島市）

マスク人が令和にあふれた不思議さを百年のちに思うのだろう
怖いもの多く二重のマスクして夕べ混み合う水素バスに乗る
中川佐和子（横浜市）

癒えぬのか無口な父の呟きは「実弾《たま》が頭の上をかすめた」
地方にも容赦なきかなオミクロン都会に泊《とど》む理由《わけ》などあらぬ
中川優美（静岡・島田市）

パーキンソンの治療中ワクチン恐れ三人の医師に聞く接種可を
コロナ禍のワクチン接種必要なれど予防接種の苦き過去あり
長沼京子（杉並区）

台風にマスク飛ばされ駅前へ夜道戻るも何処も売り切れ
コロナ禍を防げぬと言わるるもアベのマスクびくびくしながら掛けて行く朝
仲野太助（千葉・松戸市）

政権交代　命まもるのビラ同封票につながれの思いを込めて
「鬼滅の刃」の切手で送るオミクロン株が猛威の節分の文
長野洋子（大阪・東大阪市）

昨日まで元気なおさな感染す高熱続く自宅療養
ドアごしに会いたいよとう孫の声食材届け生命支える
中村淳子（浜松市）

コロナ対策自助をたのみて無為に過ごすかかる政府をわれ等は持ち居る
歌詠むも社会参加ときききてより心の憂さのやや晴れ行きぬ
中村暎枝（仙台市）

写真／今井省三、東京・町田市（赤旗「読者の広場」よ

久にして帰れる吾子のこの国もパンデミックの最中にありて
密やかにかがよふ星のかたちして祖国を目守る小さき野の花
名川由江（堺市）

コロナ禍に訪なう客もまばらにて出湯の里に湯は溢れたり
帰還兵の撫順の誓いを託したる朝顔の種我が庭に咲く
成瀬廣美（長野・上田市）

コロナから国民守る対策は規制にあらず権利の尊重
やぶをつき蛇を出すことなきように恒久平和の礎守れ
野口貞子（千葉・松戸市）

ウクライナの無差別攻撃止めよと訴える新婦人行動は雨の中なり
川風に柳が揺れてヒロシマの八月六日の朝がよみがえる
野口十四子（杉並区）

コロナ鬱死にたがる子を抱きしめるただただ生きろ手離すものか
鬱癒えよ真っ赤な布に雛飾り娘と切り分く桃色ケーキ
野原友子（山口市）

マラソンのスタートの如く冬木の芽ワワッと萌えて生気みなぎる
萩原静夫（宮崎・都城市）

種を蒔く嫗の右手は米寿過ぐ萌える新芽は精気あふれて
萩原智佐子（宮崎・都城市）

春の雨楠の大樹のぐしょ濡れて古葉よさらば新葉の怒濤
中天へアラセイトウの花芯伸ぶ平の仲間ちから束ねて
ナウシカの谷間を穢す文明禍に行方も知らぬ滝桜ちる
橋本左門（東京・昭島市）

安倍首相の責任追及の短歌本　校了の日に無懺悔で退却
若き日に革新都政つくろうと闘いし友又一人逝く
畠山正和（岩手・宮古市）

季はめぐり花は咲けども悲しけれウクライナでの戦禍をきけば
デモ行進、自国の批判に逮捕され　矛盾に気付く十歳の子は
花野美穂子（香川・高松市）

桜より団子よりも息子の合格　春の喜び待ちどおしかな

コロナ禍にオンライン教育すすむのか健康リスクがとても気になる　早坂みちよ（大阪市）

疾病とＷＨＯ認めた「ゲーム障害」　ますます子らに端末使わせ（オンライン教育）

コロナ禍に入院の姉に会えないと夫は黙って閉まるドアみる　林智恵（大阪・高槻市）

かきもちと小餅ふたつを棺に入れ夫は別れを姉に告げいし

氏神にぐっと増えたり賽銭がコロナ退散家内安全　半谷弘男（愛知・北名古屋市）

久しぶりかわす言葉のうれしさや緊急宣言解けて太極拳

窓あけるそれだけのこと二人居て命のための喧嘩をしたり　人見あい（島根・松江市）

早朝のワクチン接種の行列の医院の庭に雪降り注ぐ

長時間働く青年罹患者に　自己責任をそれでもいうか　福井隆夫（徳島・藍住町）

侵略に抵抗示すウクライナ　ロ軍の撤退大きく叫ぶ

検温を終えマスクして今朝もまた二人の孫はかけだして行く
一歳の孫でも「イヤヤ！」はっきりと見習うべしや我ら今こそ
福永真理子（京都・宇治市）

信濃から恩師亡くなる知らせあり囲む生徒と平和語りし
気をふさぐコロナの中で喇叭吹く少年ひとり夕日を浴びて
福家駿吉（埼玉・春日部市）

周南にシニア集う一〇二名コロナ振り切りテニス大会
六〇で再挑戦のテニスなる十七年続けあと何年か
細川完勝（山口市）

母の日に花を抱えて訪ねるも言葉通わぬ透明ガラス
老うごとにあっけらかんと笑う母施設の窓のてるてる坊主
堀のり子（大阪市）

コロナ禍に生まれし孫と対面す三月《みつき》になりて笑みも見せをり
コロナ禍に一年ぶりの帰省せり神戸ナンバー息子は気にす
増田千鶴子（静岡・島田市）

薬の数確認しつつ脳梗塞乳癌守りつつコロナ禍を躱《かわ》す
燃え立つ程の黄葉見せぬ公孫樹　温暖化の禍コロナ禍の今年

松尾千代（福岡・直方市）

早朝の配達のなか歌詠みし友の歌集に相聞の歌
川に沿いし暗き木立の道を行く　秋を知らせるモズの高鳴き

松村赳（大阪・高槻市）

こころざし遂げ得ず逝きし父思う　我九十となりぬコロナの春
なに人《びと》ものぞまぬ戦地球よりなくなる日《とき》はいつ来《きた》るらん

松村弘子（京都市）

韓流のドラマに再びはまりいるコロナ禍の中「愛と希望」に
折おりのできごと綴るわが短歌《うた》よこの来し方を誰にか伝えん

松本和子（東京・西東京市）

コロナなるウイルス世界を席巻し我らムンクの「叫び」の人なり
「北極に雨が降った」と知る気候危機は便利さを追うにんげんの仕業

水野ミキヱ（愛知・瀬戸市）

硝煙の匂わぬ国にいつ戻るか難民六百五十五万人
コロナウイルス気にならぬか連休の観光地はなやぐ日本は平和
峰寿子（神奈川・平塚市）

全世界パンデミックに戦争が笑う製薬・軍事会社は
「平和ボケ」言われて久し今もボケ殺戮・破壊されても平和
宮城六郷（足立区）

白色のレースのマスクは見て涼しコロナウイルス通り抜けるかも
丘の上できのこ雲見た姑は子供背負いてひとまわりする
村上冨恵（大阪・吹田市）

戦争の足音徐々に響き来る鹿屋無人機馬毛島軍事基地
わが兄ら二十歳《はたち》で戦死九十歳われらがいのち平和憲法が護持
村山かつ江（鹿児島市）

恥ずるほど憤るほどこの国を愛せばそれは「反日」らしい
配給を待ちて茫茫ワクチンとオリンピックとパンとサーカス
森本平（東京・町田市）

乗りゐるはコロナ患者か赤々と車ひしめく病院の裏
貘《ばく》の絵を飾り悪夢を喰はせむか世界大戦などあるまじき

門間徹子（東京・八王子市）

入所して二年もずっとコロナ禍に手を取り語れぬ母に会いたし
防衛と言いて膨らむ軍事費に今真向うは平和憲法

柳澤順子（さいたま市）

感染の拡大怖れこもる日々ガラス越しなる若葉清しも
この街を今すぐ出よと言われても行くあてもない戦の非常

山上八枝子（大阪市）

大き犬の背中を何度も摩りつつ別れを告げるキーウの老女
コロナ禍の三度のワクチン打ちしより時折忘れるマスクすること

山本まさみ（山口市）

ふりしぼる保健師の声「受け入れる医療機関が見つからない」と
「保健所の職員増やせ」六万の声「民報」紙の一面に叫ぶ

行成さや子（大阪市）

自粛より術のあらぬか感染を怖るる家人に電車に乗らず
実態はいかなるものぞコロナウイルス目には見えぬものゆゑ怖る

横山岩男（栃木・小山市）

核にて脅すプーチンに似て安倍某《なにがし》核の共有をと又候《またぞろ》言へり
アベノマスクと共に廃棄を出来ぬものかコロナウイルスも安倍某も

横山季由（奈良・河合町）

総理の首変われど変わらぬ悪政よ怒る民意を結束させせん
共闘が改悪拒んだ民意なり皆が願うこの安らぎを

吉田美智子（名古屋市）

毎朝の寺への歩きに募金箱ウクライナのこと我が身に近し
コロナ故旅には出れず三年振りセントレアに見る海と飛行機

米澤武司（岐阜市）

コロナ禍に世紀のむだ遣いアベノマスク炊き出しに並ぶ人の増えゆく
幼き日戦火の中にわれはおり追いつめられて夢よりさめる

我妻ヨシ子（東京・調布市）

「防衛費二％以上増額」と「核共有」／米国の核兵器を自国領土内に／配備し共同運用する戦略／平和より武力衝突の可能性がある
同盟国の軍備強化を進める米国／ロシアへの一斉攻撃の日本／
ウクライナへの武器供与は殺人に協力すること／停戦の為に努力するべきだ

朴貞花（横浜市）

第4章

暮らし・国民

希望を持てる日々を

【第４章　希望を持てる日々を】（一三九人）

何気ないこの日常のありがたさ夕餉の匂ひ路地に漂ふ
捕らわれて俯く兵士疲れ果て家族のもとに帰る日はいつ

藍（長崎市）

廃棄物コンテナに積みトラックにマスクの作業者を見る埃とともに
廃棄ゴミ輸出する日本、東アジア・アフリカのゴミ山に漁るはだしの子らは

青木容子（足立区）

義母百歳紡ぎ織るがに生きつぎて新しき糸今に足しゆく
あの頃のあなたの歳に重なればようやくわかるあのため息が

青野登志美（山口市）

じわじわと言論の萎縮を狙ふらし此度《こたび》は物言ふ学者を切りぬ
——学術会議——
われらみな心して衆愚と化すなかれ先の戦争思ひ起こして

赤木眞理子（名古屋市）

静かなる革命が成立したようにマスクして人を隔てる日々は
ひんやりと差す目薬のひんやりに涙をかくす春はきらいだ

秋本としこ（さいたま市）

「平和ってすてきだね」と少女言う戦争はいやだねはみんなの願い
大正と昭和、平成生きぬきて令和の世をも母は頑張る

浅尾ひろみ（東京・日野市）

「五つの小」埼玉都民と我もなり都知事のコロナ対策を聴く
サックスが元気のもとのSさんも「観客なし」と再再メール

浅田太佳子（さいたま市）

縁ありて下総に根を十四年気がつけば友と短歌楽しむ
残業の顔を見るまで待ちくれし胡麻みそ飯をよそいし母よ

阿字地逸子（千葉・佐倉市）

商ひは右肩下がり／お妣さん、もういいですね、店閉づること
禿頭の夫の散髪コロナ禍に鼻より下は剃られず帰る

位寄澄江（富山・射水市）

飽和なる／箍《たが》の緩みし／この様を／救える道は／一度下野せよ。
時代《とき》経ても／争い事は／起こり得る／欲と野心を／見つめ直そう。

池口和三（兵庫・豊岡市）

姉とゆく最後の旅となるらむか風雨に散りゆく河津ざくらよ　石坂房子（群馬・渋川市）
この地をば終の住み処と思ひしがわけあり去るも心寂しむ

つましくも真白き肌着をととのえる亡母をし偲ぶ遠き姿の　石田絲縑子（東京・西東京市）
地場産の黒曜石のごとき茄子煮びたしにして亡母をし偲ぶ

野菜作りの師匠いて、／夜空がきれいだった。／浪江に帰れない友の便りに　伊東幸惠（岐阜・笠松町）
人、追われた跡の餌《え》深し／勇む足、止めたまえ！／浪波に来たイノシシ、サル――よ

侵攻は哀しゐどちらも親しくてセイヤウタンポポアヅマタンポポ　井上美津子（埼玉・新座市）
梅干しの種を歯茎の裏に溜めぷぷっと吐き出すこれも戦だ

稲妻を受けてぞ稲が穂を孕む　いにしえ人の思い深くおおどか　今井千鶴子（神奈川・愛川町）
娘二《こ》人の嫁ぎ先より米とどく米大尽と言えんかこの秋

十代に「撃ちてし止まむ」覚えたるわれ卒寿すぎひ孫抱きデモ
カストロとホーおじさんは無欲なり習氏仁政　期待あふれる

伊吉一郎（港区）

地球という宝に住まう生物は日と雨大地とともに祈りて
鏡見て無念な顔と怒る顔地獄の鬼より我も恐ろし

岩城恵美子（熊本・八代市）

令和の世に／レッドパージの／嵐ふく／野党共闘／恐れる人よ
年をとり／働きたくとも／働けず／頼りの年金／スライド削減

岩下美佐子（熊本市）

貼《は》り紙に休業《やすみ》の理由《わけ》が書いてあり続けてほしい和菓子の老舗《しにせ》
短冊に平和の思いしたためる観音堂で八月六日

植木和美（滋賀・大津市）

走る子のうしろ転がる歌舞伎凧《かぶきたこ》にぶき冬日は影を抱きこむ
受話器から張りある師の声力得て我と胸はれ庭の石蕗《つわぶき》

上田邦子（大阪・東大阪市）

空襲の傷もつ楠に花咲きぬ見上げつつゆく歌声喫茶
父母と正反対の教育を受けて吾らは臣民たらず
内田賢一（静岡市）

四十年家族と共に住みし「長良」山川ありてわがふるさとや
初詣で長良天神思い出は暗き時代の空襲で逃げし森
宇野美代子（岐阜市）

四年前の妻の命日われも子も思いは深し石蕗が咲く
キラキラと諏訪湖に光放ちいる伊藤千代子の墓碑を想えり
江川佐一（浜松市）

問いかけに即座に返る剣岳認知《にんち》症の妻の登りたき山
紙パンツ履く身になっても忘れない青春の日の憧れの山
江成兵衛（神奈川・藤沢市）

レシピなき母の味なり我が子らに伝えいきたし舌をたよりに
きゅうりかじり少年二人のぞきこむ浜風うける子ども食堂
大井田洋子（愛媛・松山市）

虚しきは見て見ぬふりの老いの身に重ね織りなす蜘蛛の巣の露
蝋梅が微笑み香る空のさきただただ願う母子の笑顔や

大河内孝志（埼玉・狭山市）

戦時下にふるえつつ水飲む映像あわれロシアよ意地を引け
汗まみれて父とながめし街の灯が今リハビリで我が居るところ

大城永信（沖縄・北中城村）

コンバイン運転席にもマスク姿穂波かき分け進む勇者よ
黄金色の稲穂の波に風あらた押し寄せて来し命のよろこび

大鷹あや子（新潟・五泉市）

夜明け前冷たさはらむ庭先に凛として咲く寒緋桜よ
朝方のさわやかな空うすす月は十六夜《いざよい》のなごり残して

大津千加子（鹿児島・出水市）

障害の身の上のこと秘めたまま生きゆく先の黙秘は難し
勝ち負けを問う大人にはなれなくて作業所通う障りある身の

大村誉子（静岡・島田市）

知床の峠に立てば羅臼岳憲法九条を讃える容姿　岡田三朗（札幌市）

つきまとう老いという名のストーカー秋立つ夕べ柿一つ買う

愛すると言わず言われず逝きし夫遺影はいつもほほえみいるが　岡村安子（三重・菰野町）

家中に亡夫《つま》の作りし棚ありてサイズよろしく隙間を埋める

いつの世も戦は消えずウクライナの難民の子ら瞳哀しや　岡本都子（滋賀・大津市）

うれしいな　ひ孫と植えしヒマワリの花咲かせたり九十ばあちゃん

補聴器に眼鏡とマスク欠かせない生きるを支えるわれの耳朶《みみたぶ》　小川洋子（大阪・枚方市）

「水〜」の手の原爆絵さながら三たび冬学生支援物資集めて

子と犬をつれて散歩のお母さん新緑見あげウワーッと笑顔　奥田庸子（岐阜・大垣市）

家の猫鼾をかいてばく睡中／ウクライナでは考えられない

赤茶けてくずれかかりし全集本　あたら紙屑貧しき昭和
鬼籍にも人の覚えも消えかかる南溟の兵よ　藻屑に涙

小澤守（名古屋市）

特大の「小学一年」求めれば表紙明るき四月号なり
今日メーデーに起て万国の労働者橘公園雨に煙るとも

越智義行（兵庫・宝塚市）

自らも作り出しいる温暖化散り急ぎゆく桜見ている
春の訪れ等しくあれと願うとき呼び交う子らの声流れゆく

小野田俊男（静岡・伊東市）

近寄るな我が物顔のオスプレイ妻眠る丘基地から五キロ
馴れ初めの新宿御苑汚れるも遺影にっこりＪＣＪ大賞

尾山正幸（東京・日野市）

「プーチンの馬鹿野郎！」と叫びたしせめて投稿『平和万葉集』
プクプクと名付けし姉妹三人で北海道を旅せし昔

筧美知子（千葉市）

がんばれと黄の口そろえ水仙は洗濯をする吾の応援団　霞香（愛媛・松山市）

吐いた息パクッと食べて「綿菓子だ」はしゃぐ娘の朝の通園

戦せぬ国の覚悟の変はる世に戦に耐へし父母をしのびぬ　風祭咲子（千葉・市川市）

旅に出よディナー食へとぞ聞き流し夫の介護をひすがら続く（GOTOキャンペーン）

首都の夜を無料の弁当得むとして列なす女性若き人人　梶田順子（高知市）

八月は戦の記憶炎天に憲法九条掲げ立ちをり

ひたすらに庭の世話して気を晴らすウイルスに効く花があればと　加藤信子（名古屋市）

手渡しの「気候危機パンフ」に頷いた高校生の未来に酸素を

口染めて食べさせたいな桑の実を長く臥せてる同郷の人に　金岩今子（名古屋市）

「絵手紙のように下手でもいいんだよ」私を短歌に誘った人は

義父の死せしシベリア大地は機の下に黙せるままの夫は目を閉ず
亡き母は手を付けぬまま遺しいし僅かなる父の軍人恩給
川谷美知子（大阪・箕面市）

反戦のたいまつかかげ女等の中の一人《いちにん》火となりてデモ
製糸女工となりたる学徒動員ひもじさに鉄板でさなぎ焼きて食いたり
河村貞子（東京・東久留米市）

またひとつ古い農家の壊されて街かわりゆく近代的に
新婚の孫より美山に来ているとメールありそこは母の故里なり
北島和代（滋賀・近江八幡市）

いつもラジオを聴きいし父を思いつつわたしは今日も深夜便をきく
春の夜に菜の花ゆでていただきぬほろよき苦味は母の味なり
北野正子（大阪市）

できること・ただそれだけが・できること　ただそれだけを・するだけのこと
啄木の歌稿ノートを読む耳に／夜はしらじらと明け烏《ガラス》きく
木下一（大阪・守口市）

見たくない聴きたくないと消すTV忖度言い訳ああ嫌だ、やだ
今日というひと日が暮れて行く空のやさしさを見よ戦う人ら
木村京子（板橋区）

「夕食は誰が作るか」四十年前の夫婦げんか今日女性デー
親は両手に大きな荷物ウクライナの幼子たちがそのあとを追う
木村登美江（江東区）

ぬばたまの夜にしみいる猫の声平和を思い一人酒飲む
冴返る夜にサイレンひびいてる一人静かに酒を飲みつつ
木村浩（埼玉・春日部市）

久しぶり国際女性デー参加する風にそよそよミモザがゆれる
シルバー展「五風十雨」書きしるすこの世の中もそうでありたい
木村峰子（岐阜・各務原市）

語りかけし映画「ひまわり」は戦争の奪う命、普段のくらし
戦争で食べもの不足わが国の食料自給四割もなし
京増富夫（千葉・八街市）

戦争は幸せ奪うと訴える50年前の映画「ひまわり」
年金をもらえるだろうかと子の世代不安の多き政治となりぬ

京増藤江（千葉・八街市）

八十の歳の差超えて赤子と爺瞳《め》を見つめ合い微笑交わす
もう咲かぬ梅の古木の幹切れば生きてる証のピンクの切り口

熊谷万寿美（滋賀・高島市）

牧水が蒸気船で来し横須賀は原潜孕み濃霧が隠す
町内の最高長寿は百七歳　白彼岸花すくっと立てり

久米尚子（神奈川・横須賀市）

「早春賦」夫口ずさみリハビリへわたしは俳句八十の挑戦
通院の帰りきらめく橋の上川遊び語る夫の安らぎ

黒江和枝（鹿児島・姶良市）

蒟蒻やトマトじゃがいも土地の食煮炊きして充つ老いの巣ごもり
吾亦紅あふれんばかり大瓶に活けて客待つ茶房の店主

小島清子（岐阜市）

写真／東よね子、長崎・大村市（赤旗「読者の広場」よ

道連れはいのちのことば馬を牽きだれが運んできた神様か　小島なお（東京・小金井市）

机の下に揃える脚をこの春のちいさなデモのはじまりとして

車椅子に乗せられ妻と公園に児らのはしゃぎに想いははるか　小永井嶽（江戸川区）

他よりは良さそうだから支援をする民意のレベル深い失望

青と黄のウクライナカラーのカプセルにキーホルダーを入れ自販機「ガチャガチャ」　近藤桂子（北海道・富良野市）

売り上げはユニセフ通し寄付するとうガチャ発案者「小野尾勝彦」

雪の日もハクセキレイは朝早くベランダに来て餌を求める　佐伯延男（滋賀・高島市）

ベランダに人工芝を敷き詰めてうんざりしたら昼寝にしよう

夏の夜のペルセウス流星　明け方に出会う瞬間　しみじみ至福　佐伯靖子（鹿児島・出水市）

君が逝き心細きを支えしが水路のホタル　はかなき寄る辺

あれこれと母偲ばるる十二月もどり来ぬ日は愉しいままに
酒井由美子（長崎・諫早市）

母も逝き遠くなりゆくふる里の花を訪ねん母に逢うごと
坂本万千子（さいたま市）

春一番風にゆれてる水仙の立ちいる姿清しく見ゆる

神戸にて教師せし日の卒業生スマホで撮りて雛など魅せて
佐藤綾子（栃木・野木町）

うす暗きローカル線の午後十時疲れしマスク並びて揺れる

地下室で産声あげし嬰児よ生きてほしいとテレビに叫ぶ

今は亡き妹とよく行きし店今も賑わい当時しのばる
柴田ひろみ（大阪・寝屋川市）

我が家族いまは写真で挨拶し声かけしても返事きこえぬ

誰もいない夕暮の道いつも通り声高く候補者訴えている
志摩麗子（神奈川・小田原市）

ゆれながら小さき宣伝カー去ってゆく私は急いで自分の家へ

資本論未来の足音聞こえますか／市民と野党の力の発揮が
ジージーがおいでと言うとはってくる／育児当番準備完了
島崎建代（長野・松本市）

微少なる生き物も持つ命あり消滅させるニンゲンの種を
訪いてくる人あれば家でマスクする昔の偶像も神佛もある
下村道子（千葉・鴨川市）

廃棄さる工場の道具に礼をしてきれいに洗いＳＤＧｓ
乾びたるラクダの死骸点々と砂漠化進むアフリカの大地
須川武子（岐阜市）

蜂の巣を煮溶かし作った蜜蝋はクリームとなり人を励ます
鯛茶漬け菜花《なばな》ひたしの祝い膳ドイツへ向かう娘《こ》の無事祈る
杉山壽々子（東京・日野市）

ほのぼのと蛍あかりて久びさに君を誘いて並びゆく宵
慰安婦は必要と吐く恥知らず餓死の兵士の無念知らずや
鈴木晋司（大阪・河内長野市）

言の葉の原初はおとこえ踊りらしそをもて集え広場河原に
空広き近江野の田に水入りて食をささえる人ぞ頼もし
鈴木強（滋賀・湖南市）

面会もかなわず声をなくしたる夫と交わす短きメール
避難するウクライナの母子ら映像にわが八歳の記憶かさなる
須田英子（埼玉・川口市）

原爆手帳持ちたる義父は広島を語らぬままに突然逝きたり
コロナ禍にて成人式もかなわずにガンを患い逝きし女孫よ
住田久代（岡山市）

折々に歌詠む悦びみつけたり余生にあらぬひと日ひと日よ
病得て素直になりし吾が夫別れの日までかくてあらなむ
田島信子（茨城・ひたちなか市）

ふるさとの空き家の庭に冬陽さし橙カブス土に帰らむ
土筆つむ野原も畑も消え失せて我が家の周りに賃貸四棟
田中喜美子（愛媛・東温市）

ウクライナへロシアの侵攻許せない戦争のつらさ今でも持てば
減らされた年金返せの裁判なり仲間の列に我が怒り研ぐ
田中房江（千葉・鴨川市）

障がいの友と菜の花摘む丘に春のひかりはやわらかく差す
車椅子の君を乗せゆくローカル線無人の駅舎また一つ増え
田中吉忠（埼玉・上尾市）

一年ぶりの友の名しばし思い出せず話さないことの恐さかみしむ
近所さんも少し離れて話す日常かみ合いにくくも笑顔につながる
谷崎未来（滋賀・高島市）

久し振りに会う孫の背丈ぐんと伸び我に迫れり顔は幼く
「孫に武器を持たせまい」との信条を託された思い友は逝きたり
土屋卓子（東京・町田市）

しろたえのシーツの隙にサンライズ光差し入るこもる窓辺に
ウクライナ爆撃の日を知らずして純白に開く水仙の花
寺島純江（兵庫・西宮市）

米・中・露の危うい動きに昨今はオリンピックよりも目が離せない
生真面目に義務を果たして八十余年見返り欲しいは欲張りですか
寺田澄子（大阪・吹田市）

美しき角島大橋渡りても万葉歌碑を訪ねる人なし
角島へ渡りてすぐに右に有る弾薬庫跡を言う人もなし
時任実也子（山口市）

最終の白鳥立ちてシベリアへ戦止めよと鳴いて伝えよ
世を正す人の鋭意を集めしは持続可能な未来作らん
徳武昇（新潟市）

五月晴れ伊吹の山は雪とけてわが町の真西山々つらねて
40より町議となり39年目相も変わらず自転車と共に
長野恒美（岐阜・笠松町）

白寿まで頑張りぬいて子どもらを見守りし母思いは尽きぬ
年々と枝を伸ばして盛る桜　弥生の風にゆれて散りゆく
中村京子（鹿児島・出水市）

九十円国際便の年賀状香港獄中の若者に出す　永元実（東京・立川市）

玉堂の描きし農夫水車小屋　奥多摩の人々　いつまでも美《は》し

われを背負い防空壕に逃げしとう姉身罷りぬ　九十七歳　中山惟行（大阪・守口市）

思想変えよと迫り来し部長の死を聞きぬ　何か言いたき冬の夜かな

退院の一縷の望み捨てきれず鉄格子より外を見るなり　中山芳樹（岡山市）

四十年家に帰れぬ我なれどいつかは踏みたし古里の地を

麦秋の讃岐平野に風渡る女性九条平和の旅に　仁尾郁（高知市）

おっとととっ低空飛行は危いよ巣立ったばかりのツバメのけいこ

学問の自由の論議ありて今「学問の自由」の尊さを知る　西谷常世（名古屋市）

わきまえず震える足を手で押さえ職員会議で発言した日

賜りし絵手紙カレンダー春を呼ぶ雛の笑顔の値千金　二瓶環（新潟・阿賀野市）

立ち漕ぎの若者が行く雪解道背に負う風に春はそこまで

ゴム手袋はめて人参法蓮草掘り上げ洗う我は農の子　糠谷京子（愛知・大府市）

風のごと女子学生は追い越せり知多奥田駅きさらぎ晴天

ミサイルで破壊された一部屋でバイオリンを弾く少女美しく　貫名隆一（横浜市）

野辺に咲く一輪の花美しく想う今こそ掛けがえもなし

愛し子は雪の降る日に生まれ来て野菊の咲くころ旅立ち七年　沼野真琴（栃木・宇都宮市）

子のように追い詰められて命絶つ人と母親に無念重ねる

「伸びたんだ　背がね」と孫は笑顔なり我をゆうに越えすでに少年　林博子（千葉・市原市）

署名紙手に若き婦人との対話コロナ禍や追わるるくらし共ども熱く（憲法改悪を許さない全国署名）

「福島はオリンピックどごでねぇ」被災者の声円山に響く
人はみな平和のうちに暮らしたし「敵基地攻撃」煽るは非道
原木とし子（京都・長岡京市）

中学時教科書に読みし「コペル君」わが来し方の片隅にあり
この森をかつて亡き夫も歩みしや映像に見る赤石岳《あかいし》への道
春木イツ子（静岡・藤枝市）

地下流る疎水の水嵩増したるか水音大きく田植え始まる
真新らし制服姿の初々し下校の少女匂やかなりて
東山寿美子（大阪・泉大津市）

一面の菜の花のなかゆっくりと小さき駅を列車は離る
ちんまりと慎ましやかに目を開き柩の中に納まる母は
福井良子（福岡・みやこ町）

母の日に子孫にもらいし花鉢ならぶ心豊かにコロナ禍おもう
許すまじ罪なき命うばいつつ平和を口にす国の輩を
福田涼子（大阪・吹田市）

上空の光がさらに光産み焼きつけられるあなたの影が
蝉の雨昔の話を語る君語れぬ想いを抱える私

福良椋（練馬区）

花のよう交互に重ねるミルフィーユのごと　豚と白菜お洒落な鍋
柚・檸檬伸びゆく新芽かがやけば揺りかご求めてアゲハ蝶舞う

藤澤孝子（大阪・吹田市）

青い森鉄道一輌にただ一人マスクして読む『戦争と平和』
嫌《いと》ひけり戦争賛《たす》けし者たちをトルストイ翁のポリシーを追ふ

藤田久美子（青森・弘前市）

新しき「道」を通すと田畑を削る重機の響き重おもと
燃ゆるがに朝日が山の端《は》に昇り鍬《くわ》振る吾の背のあたたまる

藤田博子（大阪・枚方市）

人を恋ひ胸熱くせし事ありたるや四十九歳非正規の吾子
寿限無寿限無唱えずとても百年とう月日を生きる時代くるとや

冨士本道子（北九州市）

バス黙乗　銭湯黙浴　店黙食　黙々歩けば沈丁花の香
孫生《あ》るる予定日ふたつ新しき手帳に記す命《ぬち》どぅ宝

松尾信子（大阪・高槻市）

〝和祈《かずき》〟さん八月九日生まれのボランティア今日がデビューと長崎忌の街
アーン・モグモグ・ゴックン見せる保母の口《くち》形コロナのマスクはそを被いたり

松尾禮子（兵庫・尼崎市）

母と結婚する前　父は兵士だった　それが不幸の始まり
我は戦後生まれだけど父の戦時体験を心底憎む

黛里華（埼玉・草加市）

ウクライナの民の脳裏から消えぬまま食べ寝て笑う生活苦し
子ども等を守るが大人の仕事なり笑顔を返せ家族を返せ

水永玲子（宮崎・門川町）

ウクライナ　水が胃の腑にとどまりて　くぬぎの若葉に花はあわあわ
チュチュチュチュチュと早口にさえずる小鳥二羽名前を知らぬがちょっと真似する

三谷弘子（山口市）

温暖化資源環境疲弊する奪い合う水映像はインド　宮﨑貴美子（港区）

五月晴れ青葉輝きバス待ちのそよ風我に四季は素適に　宮下歌子（群馬・渋川市）

「百年」のバトン受け継ぐ我が孫は今「山添」を　語りつくせり

十年《ととせ》経る「津島《ふるさと》」の道は高濃度バリケード先　獣みちなり　宮森よし子（奈良市）

新聞を電動自転車に配りおり車なき生活軌道に乗りて

石地蔵に顔の似ている子ら遊ぶ塾の始まるまでの時間を　三輪順子（大阪・寝屋川市）

眠る時握りあう手のあたたかき君も安心我も安心

認知症となりても独り住む義姉の狭庭に今も咲くや野ぼたん　元村芙美子（福岡・田川市）

湯にはいるこれが普通と思えども手のひらに残る戦時の傷あと

ひまわりの国侵されるおそろしさ我に這い寄るひ孫を抱く

ひそやかに紅梅・蝋梅・福寿草小さき春をささやいている
来し日々は夢を道づれの五十年陽陽たる書展文運を抱く
森照美（杉並区）

自宅療養とふ棄民なりいまの世のことと思へず冷たき政治
遮二無二に攻め始めたる日本を思ひ起こせりプーチンの愚挙
森みずえ（千葉・習志野市）

ビラまきて捕われし人をなげきたる歌の師思うビラを入れつつ
歌の師よ黄泉《よみ》の国から戻れかし　菜畑に白き蝶舞える午後
森田ヤイ子（横浜市）

花の寺への道標なる石仏は寂聴さん似の微笑湛え
クックルクーそんなに悲しく鳴かないで施設で逝きし母想う午後
森田佳子（京都市）

マンゴーが旨しと書きし父のハガキ茶色にあせて七十七年
鶴三羽あさの羽交ひに光るなり静まる峡の休耕田に
森元輝彦（山口・周南市）

うつの気の娘も肥立ち横浜へ　スマホに毎日笑顔を見せる
森本直子（京都・宇治市）

ゆで玉子妙に歯がゆい剥きにくい少し似ている政権交代に

子どもらの背よりはみ出すランドセル夢があふれてカタカタと鳴る
矢島綾子（東京・福生市）

ランドセル揺らし駆けゆくこの子らに戦の日日の永久にあらすな

先行きの見えぬ暮らしのため息が我が足下の影に溶けゆく
安田久美子（大田区）

休校の子らの姿なき校庭にひっそりと咲くタンポポの花

耳遠くなりにし妻に苛立ちて声荒げしを今は悔ゆるも
山口孝（茨城・常陸大宮市）

離れ住む姉に草餅送らんと老二人野辺にヨモギ摘みたり

家事こなし杖つき歩く側にいて私を見守る夫に感謝
山崎侑子（埼玉・三郷市）

週一回リハビリで会うお母さん九十五歳に元気を貰う

ふるさとの谷の緑は変わらねど生《あ》れし我が家は土塊《つちくれ》の底
山下利昭（広島・竹原市）

誰にでも多様なる生き方あるべきに差別　偏見　消えぬこの国

「母さんの気持ち一番に」と病む吾を励ます子らを力に生きる
山野保子（愛媛・西条市）

風うけて池の水面のさざ波が春陽にひかる星のしずくだ

今仰ぐ空の続きに砲火あり　薔薇知りたるや翳りつつ咲く
吉柴伸子（埼玉・東松山市）

にぎわしく羽音立てつつ薔薇をゆく蜂たちにして仲良きものを

コトコトと菜をきざむ音流し場に湯気がたちている母が顕ちくる
吉田一美（千葉・我孫子市）

「死んだ娘と」あきらめたといい母に泣く子らをあずけて故郷を発つ日

避難の為集った駅に／クラスター爆弾を／多数の死傷者が出た
吉田澄子（愛知・春日井市）

どくだみの中にアスパラがニョキニョキ／初め細かったがだんだん太く　おいしくいただいた

押し入れに営業カバンしまい置く「お疲れさま」と一声かけて
渡部佐枝子（愛媛・松山市）

いつもよりもっとさみしい味醸し迎え来るかな春の足音

水没を恐れるマーシャル、モルディブの温暖化防げの叫び切なり
渡辺幹生（大分・別府市）

若き日に文通をせしサイード氏白砂のモルディブに元気でいるか

頼もしや早朝配達老いし夫味噌汁作り無事の帰り待つ
渡辺悠美子（杉並区）

誰も母から生まれた命「戦争やめて」世界中が知る今日母の日

閑かなる杉の木立に聞く梵鐘心の濁りふたつ洗われ
藁科加奈子（静岡・島田市）

瑠璃色のカップは友の手作りよ掌《て》にすっぽりとコーヒーの美味《うま》し

第5章

平和・家族

日常に生きる

【第5章　日常に生きる】（一七六人）

あれこれと理屈をつけて大人らは戦をはじめる子らは死にゆく
赤岩寿恵子（名古屋市）

九条を諸手のなかに育てつつ世界へ飛ばさん伝書鳩にして

「二十一世紀版大日本帝国作り」新聞記事の気になる文面
赤城良子（新潟・阿賀町）

人と人の心の安けさ取り戻そう春の花束妹に送る

吾子《あこ》ふたり憶えているか幼い日　平和の祈り捧げし日々を
秋山公代（東京・東大和市）

「何ノコレシキカスリ傷日本男児ノ名誉デス」馬草刈りつつ歌った軍歌

人権はいかなる国も守るものロシア、中国、アメリカそして日本
浅井隆夫（大阪・茨木市）

誰にでもしんどい時があるだろう友は言うなり休め休めと

孫たちの「命と平和」の大切は？「平和なくば命まもれぬ」
あさと愛子（沖縄・那覇市）

欲しくない米軍機など食べ飽きた口に合わぬと沖縄の海

平和を願ふ祈りの歌詞のインシャラー戦場を偲び老女吾《あ》も歌ふ
鳩さへや囁きて平和を願ふとぞ世界に届けこのインシャラー

浅野まり子（神奈川・茅ヶ崎市）

人の道情《じょう》ある人の栄え道悟るは利口《りこう》文武両道
人の道平和な道に思いやり文武愛して勝利聡明

安部あけ美（大分市）

特攻の散るを桜にたとえしを潔《いさぎよ》しとせず誓いの花見
両手あぐ幼き子らのほほ染める桜の花は平和がにあう

阿部誠行（大阪・吹田市）

赤々と灯し続ける平和の火これは何かと尋ねる子かな
燦然と平和憲法風薫る改憲阻止し命を守れ

荒井一陽（足立区）

自衛を戦争へとつなぐ／論をたてる／九十歳の命　楯なるまで
コロナ菌生き物と思えば／土に閉じ込め／　鍬打ちつけ／出るなと打つ

井口牧羊（京都・亀岡市）

折りあげし鶴に子は息吹きこみて小さき平和をふくらませおり
流行れども迷彩柄は購わず育てきし子は二児を抱く父　池田惠子（兵庫・香美町）

真顔で核論議してる無辜の民焼き殺すも是非なしと聞く
頑張れと武器手渡すに違和感を賢治なら言う詮無しやめろ　池田信明（大阪・吹田市）

被爆地にはやばや咲きし夾竹桃わが町に咲きて平和をおもう
もう少しもうひと筆と画きしならん無言館にみる妻の裸像を　石井和美（愛媛・新居浜市）

傘寿なる生命《いのち》をわれはいとほしむあはれ戦時に逝きし学徒ら
公園に出合ひし薔薇の名はピース明日《あす》原爆忌平和を祈る　石井郷二（神奈川・中井町）

遊び方をジイジに指示する三歳児戦を嫌う子に育ちてほし
「痛い」涙こらえて四つん這いの子の春秋に戦よあるな　石井洋子（神奈川・藤沢市）

日常がいとも容易く破壊さる／侵略と云うニュースを見入る
基地の側《そば》猫は機音に怯えるも／吾が腕入りて息ひそみ居る

石黒實（浜松市）

コロナ禍の官房機密費十二億木枯らしの街に住家《いえ》　職なき人
沖縄の少年の詩は絵本となる『平和ってすてきだね』すてきだね

石田紀美乃（奈良市）

戦争に肉親亡くす子ども達理由《わけ》わからずもウクライナの瞳《め》
「火を消すな平和は来ない薪くべろ」早乙女勝元語録実現しよう

市村節子（川崎市）

ガガンボが隻足隻手であらわれて六日九日どこへもゆかず
長崎原爆死没者名簿に連なりてさざなみのなみと名を留めたる（叔母）

稲垣紘一（横浜市）

敗戦後念じつづけし平和なり老いて可能な行動《おこない》忘れず
聞く耳を持たざる人に叫ぶも虚し再《ま》たも戦時を老いて怖るる

井上絢子（熊本市）

雲間より差し込む夕光海の面《べ》に彼方に続く銀色の道
井上弘（愛媛・松山市）

愛唱の「ともしび」今は若きらを戦場に送る歌なりとふ
今井孝子（東京・清瀬市）

鳥インフルエンザで三万羽もの処分なり量産のツケ鶏の悲惨は
「私たちは非戦を選ぶ」五月三日意見広告　紙面びっしりと声あげている
岩本憲之（愛知・東浦町）

きっといるマララやグレタこの国に平和を創る名もなき十代
旅人がイマジン奏でる駅ピアノ見知らぬ人ら静かに歌う
岩本廣志（大阪・高槻市）

周恩来の詩碑の前にも中国語の声の響かず冬枯れを歩む
朝鮮と友の絆を保つべく苦闘をしたる禅僧偲べり
上田亮子（香川・高松市）

六歳《むっつ》より踊りつづけて不惑なり微動だにせぬ背はウチナンチューの意地
我が狭庭は桜椿にリラすみれひまわりの野は花を咲かすや

特攻兵の本望・幸せ・光栄の遺書その行間の無念を覗く
出陣の学徒ら送りし外苑に平和を謳ひて競技場建ちゆく
上原奈々（江戸川区）

さがし物黙ってしているつもりでも「今度はなに」と夫声かける
兵隊にとられることはなくなったと母のひと言今も忘れず
宇佐神景子（茨城・水戸市）

「戦すな」訴えのためまだ死ねぬレベル四なる癌患者なれど
戦災者北海道に捨てられて今も戦時の鵜澤の歴史
鵜澤希伊子（東京・調布市）

雨のなか広島へ続くこの歩み平和の願いあふれるペナント
日焼けしたたくましい腕でチラシとり憲法守る署名ですねと
氏家マサ（大阪・豊中市）

元号の五つをもて語られる歴史の闇は問われぬままに
ダッハウの空はわけても澄みわたり点呼広場に見学者の群れ
内野光子（千葉・佐倉市）

第二のウクライナになる悲しみの墓標のごとし日本列島　梅田悦子（神奈川・横須賀市）
ひっそりと爆弾抱き眠る街きっといつかは標的となる

また一人戦争を知る著名人／逝きて柱を失うごとし　梅原三枝子（大阪・高槻市）
子どもらをひもじくさせる戦争は／してはならぬと亡母《はは》の口ぐせ

ロシアなるウクライナ侵攻怒り満つ親の後とぼとぼ泣きじゃくるをさなご　梅本敬子（長野・塩尻市）
吾の肩をやさしく強くもみほぐす中一男孫その手銃持たせまい

嗚呼岳父《ちち》よ安寧秩序の名のもとに連行されしを語らずに逝く　永島民男（埼玉・鴻巣市）
憲法の前文に七度「われら」の文字出でくるたびに背筋が伸びる

デモ行進　住宅街で唱和する憲法改悪許すまいぞと　榎俊江（板橋区）
自分には何ができるか問いながら平和を願う意志表わそう

戦争は一人のおおきなこえで始まる／ドイツ・日本も／アメリカ・ロシア　大久保和子（千葉・四街道市）
日本では二が十二並ぶと／侵略のウクライナに／子どもらは死す（2022年2月22日22時22分22秒）

病み流行り五輪のまつりかかるのかクーベルタンさんどない思うで　大戸井祥二（徳島・上板町）
皆諮《はか》り戦とがめる国連《くに》の声おそろしや国は耳を貸さざり

「難民」の言葉が辞書から消える日を祈りて仰ぐ春浅き空　大野奈美江（横浜市）
われらみな地球の子ども手をつなぎ歌を歌いてつつがなき世を

平和にも戦争にもまた人類の滅亡にもなる核というもの　岡本育与（愛知・大府市）
春の夜半大空に顕つ鳩の群　平和を願うわが眼裏に

平和への願い届けとビラ配る夕餉の匂う路地に入りて　越智順（愛媛・西条市）
ヒロシマにナガサキ・フクシマこれ以上カタカナで呼ぶ街は要らない

「一本のえんぴつ」と名づけし伊豆の宿に中学生迎え語る　林檎忌
平和万葉に五度詠み来しはただひとつ　祖国よ地上よ戦は無かれ

おのだめりこ（静岡・伊東市）

多喜二忌や彼《か》の身の無念偲びつつ燃ゆる怒りの消せるものかは
「日本は祖国たり得ず」もと記者の惟《おも》ひ違《たが》わず戦場《いくさば》は残る

梶原安之（江戸川区）

しろつめぐさが風にそよげる村境越ゆを躊躇ふ「東京の人」われ
アドレスに※pacem 友は灯しをり送信の度ひろがる pacem
※ラテン語　平和

春日いづみ（中野区）

ふかぶかと辞儀し送らな平成期銃声のなき三十年に
日本晴れされど彼方の動乱に「※人類不戦」口授《くじゅ》してゆかな
※タゴールの唱へし言葉

春日真木子（中野区）

現代に侵略戦争あることの理不尽嘆く今こそ英知を
命かけ産みて育てし吾子なれば兵士にしたき母などおらず

加藤幸子（名古屋市）

空仰ぎ／地にひれふして／泣く老婆／人はふたたび／愚を繰りかえす
加藤千穂子（愛知・瀬戸市）

木瓜の芽に／雨しみじみと／点ちたるは／戦下の民の／涙なりしか

死するとも人権はあり故郷に未だ還れぬ戦地の遺骨
金丸和彦（東京・昭島市）

戦争が「自衛」という名の隠れ蓑まとい近づく音が聞こえる

反戦のプラカード蹴り通り過ぐ男よ我はビビリはせぬが
金光理恵（千葉・船橋市）

沖縄の戦跡巡りて帰り来し吾娘《あこ》の目の隈深くて重く

来し方の歴史をじっと山桜いま九条の真価問わるる
金森薫（堺市）

幸やあれ向日葵愛ずる民起てり麦秋きたる自由と平和

日本軍の侵略のいしぶみにぬかづきて祖国のなせし業をわびたり（シンガポールにて）狩野洋子（東京・狛江市）

店先に早生のみかんを皿に盛る老夫婦は黙々と秋を告げおり

五味子《ゴミシ》の実秋に熟《な》るらし待てずわれCOVID-19《コビッド》緩む夏の日の旅
旅するも心休まず蝶よ舞え斃れし兵士の泥まみれの顔

唐沢京子（足立区）

戦争も平和も生きた九十年孫の時代の心配尽きず
人類の欲望満たす資本主義地球環境存亡の危機

川田賢一（群馬・館林市）

永遠《とこしえ》に子らの笑顔の絶えぬ世を「剣を鋤に」イザヤ書開く
アフガンの緑の大地に注ぐ水武器なき戦を中村哲氏は

河村昌子（千葉・柏市）

敗戦日今も忘れぬ空の青／暑さの記憶不思議に無くて
敗れて泣く選手らよ／かの戦時中は／泣くも笑ふも許されざりき

北道子（兵庫・姫路市）

月一の戦争ＮＯと人通り少なき街に立つ我八十余
球春とロシアの蛮行共に聞く苛立つ心の葛藤《もつれ》如何とす

北風一憲（北海道・深川市）

どこまでも平和な空を守りたし改憲党派は牙を剥き出す　木部朝子（茨城・古河市）
戦争になったらどこに逃げますか我は問いたる署名活動

コロナ禍に生まれし孫はもう2歳　ピースウオーク力が入る　木村恵美（名古屋市）
風よふけわた毛のように届けよう平和憲法　世界中に

大樹なる枝垂桜の中にいて赤子のごとく胸かき抱く　木村久代（さいたま市）
「戦争展」の笹竹いろどる短冊に幼き文字あり「せんそうはイヤ」

「無力で圧倒的な言葉を持て」加藤周一の言葉ふたたび　久々湊盈子（千葉・松戸市）
英霊と言い換えられる古びたる遺影が長押に残りいる家

八月の空は慟哭の青にして戦なき世を築けと迫る　工藤葉子（千葉・我孫子市）
平凡な生活《たつき》の幸を思い知る戦禍の映像流れる朝に

写真／畑添玲子、福岡市（赤旗「読者の広場」より）

戦争と言う名で地球壊《こわ》したる人の心の悍《おぞま》しきかな
御巣鷹《おすたか》の峰に黙する千羽鶴祈り重ねし人も老いけり
久野とし子（群馬・みなかみ町）

侵略者プーチン選びしロシア人の轍は踏むまじ我ら街に立つ
故郷に家族そろいて皆笑顔戦火なき国に大祭りする　（諏訪御柱祭）
黒田晃生（長野・原村）

常々を己が心に刻み来し「平和」の文字を賀状に記す
軍備捨て話尽くして平和の道広げてほしい国と国とが
江田孝子（大分・日田市）

クレヨンの肌色の名前疑わぬ無知を思い知る人種差別の
区役所に本人確認もとめられ私がわたしであることのむつかしさ
古賀悦子（神戸市）

老婦人胸で小さく十字切る八月九日お昼のニュース
土埃をあげる戦車を追いかける少年はやがてその道を行く
小林紀子（横浜市）

八月十五日「平和の灯」を継ぎてゆく石垣りんの「弔詞」思い込め読む
コロナ禍の電話かけにて通じ合う演劇も危機なりときびしき声に
小柳靖子（東京・国分寺市）

いく度も五月の朝と対峙して今やるべきことを一つずつやる
大国の覇権拒否してあゝ百年平和が一番エーンヤコーラ
齋藤陽子（山形・酒田市）

国家・国民　国の文字つくこの地球伝えたいのは輝ける地球
歌友の友の「チェーホフ」の本手に取りてキエフの戦の春のかなしみ
酒井八重子（大阪・守口市）

独善の理かかげ侵略をするプーチンの暴挙を憎む
ヘリコプター低く飛び来て身にひびく大気のゆれに戦地を思う
相良みね子（板橋区）

反米色強しと上映されざりき六十六年を経たる「ひろしま」を観る
口ずさむ〈イマジン〉マスクにくぐもりて十二月八日の街を行くなり
佐久間佐紀（横浜市）

夕光の原爆ドームに白鷺の身じろぎもせず平和な今を
いかなる未来展けゐしならむ夭折の遺品のならぶ館に佇む
櫻井萬亀子（川崎市）

百年後の未来も／平和な国へ／諦めない演説／山々にこだまする
透析で二十八年／歩みつづけた／平和行進／命尽きるまで我はゆく
笹ノ内克己（三重・御浜町）

しわあせに育ちしパンダに会ったならハナコのことも子らに伝えて
下校どき憲法まもれの訴えにたわむれし生徒ら真顔になりゆく
佐藤嘉代子（練馬区）

黒々と大杉背《せな》にゆるやかに枝垂桜《しだれ》咲きいる古寺の庭中
銅鐸の輪ぐさり長し風吹けば桜の枝よりゆっくりと揺れ
佐藤里水（千葉・多古町）

胸いたむ地下の子たち何食うやコメミソ持ちて飛んで行きたや
核おどし現実匂う使わせぬ国際世論大きく届けや
宍戸忠（北海道・赤平市）

爆撃音崩れゆくビル燃える街隠すごとくに子を抱《いだ》く母
篠﨑誠子（埼玉・深谷市）

武器もたず人をあやめず穏やかな世界であろう手を取り合って
清水美千代（静岡・島田市）

侵攻に戦はざるを得なき民の苦難の日日を遠く憂へる
帰る家に沈丁花甘く漂へる平和の実感かくささやかに
下林敦子（大阪・豊中市）

中村哲さんの遺せし大地は緑満ち軍事支配は恐怖残し行く
ロシアにも9条のきまりあらば烏呼《ああ》　ウクライナの悲しみなかりしものを
杉内静枝（東京・西東京市）

うす墨の舗道の上に金木犀オレンジの小花に足をとどめん
魅せられし三十一文字に頑張るも歌のひとひねりまたも直さるる
鈴木すみ江（板橋区）

地の底の慟哭なるか噴煙が海を押しあげ天空に立つ　（22・1　トンガ沖大噴火）
「戦争はどれも人ごろし!!」喝破して九十九歳寂聴尼逝く

ウクライナの虐殺映像に想い出す華北侵攻還らぬ父を
この年も平和を願い買い求む卒寿祝いに憲法手帳

鈴木広（山形・川西町）

ろう梅は寒に咲く花柔らかき黄の花びらに平和の希求
遺骨となり南部の土砂に埋もれた魂の土の叫び封じるな

鈴木光代（千葉・長生村）

戦争の事実学ばず受験勉強今悔い学ぶ侵略の歴史
侵略の事実を隠し「平和」とぞ反省はなく同じ道ゆく

鈴木恵（静岡・島田市）

霧雨と集う人らの息白く「世界に平和を」緑ののぼり
「戦争ノー」ぞくぞく集う笑顔の波　桜咲きそめぼたん雪舞う

春原《すのはら》利夫（埼玉・所沢市）

八十歳《やそじ》越えめざす百歳射程内　明日も歩くぞ峠を越えて
どこまでも人の命と世の平和／続けかしよと青天仰ぐ

情野《せいの》貞一（山形・米沢市）

歯切れよく響く言葉を探しつつマイクを握る九の日行動
国民の命守らぬ軍隊の活用ありや平和外交
清野真人（山形市）

若き日に薫陶受けし末川翁　今ぞ我は実践すなる
混とんの中にも秩序あるはまやかしか　世は一世紀前に戻りぬ
関節子（大阪・千早赤阪村）

野に菫桜盛りの季節《とき》なれば戦争《いくさ》逃げまどう母子のあるべきや
歴史上に名を連ねたる独裁者達の戦争唆《そその》かす言葉は同じ
瀬崎睦子（静岡・掛川市）

子をかばう戦火の母の眼の中に信念つらぬく「ちひろ」の強さ
励ましのマスクチャームのプレゼントまた三日に立とう改憲ノーと
高石裕子（茨城・取手市）

改憲へとひたはしる政治　生命《いのち》かけて平和を守る時代《とき》とはなりぬ
「この子の名前もいいですか？」若き母が心こめ書く平和の署名
髙野明子（千葉・四街道市）

新しきいのちのめばえ告げし娘《こ》よそのまなざしのたしかな勁《つよ》さ
核戦争現実味を帯び迫りくる世界の叡知できっと阻止する
髙橋敦子（岐阜市）

楽譜にはカナをふりつつおぼえたる「オールド・ブラックジョー」口ずさみおり
年寄りも「がんばろうネ」と声かかる体操教室コロナになるな
髙橋清子（板橋区）

すばらしきこの世の意味は「愛」と説く寂聴婆の笑顔忘れぬ
貧しくもヤケになるなという母の言葉を胸に72歳
髙橋春美（埼玉・熊谷市）

憲法などいつまでやるのと友の問う死ぬまでやるよと短く答える
面会のできぬ妻あり見舞い待つ夫のおりぬ同じ空の下
髙橋フキ子（秋田・湯沢市）

自分が／この世にいるのも／天からの贈り物／そう思って／人の役に立てればいい　高原伸夫（福岡市）
神田川面影橋は／散り桜の風情／川面の花筏に／二年前の／母が重なる

行く末に戦無きこと祈りつつ小さき命胸にいだけり
地球儀のウクライナはここと指差してひ孫と願う戦争やめてと
滝沢貞（群馬・前橋市）

ピエタの像重なりて見ゆプーチンに木の股からは人は生まれぬ
山と海命はぐくむ青き地球《ほし》短かくも燃えヒトとして生く
竹重恵美子（山口・防府市）

避難所に身を寄せし人五百人知事はちゃっかり山武の私邸
お母さん家《うち》の奥さんと言いて来し金婚の妻を今「宏子さん」と
武田文治（千葉市）

ちちんぷいぷいチンをさし笑う子を笑えぬ顔が民衆を圧す
玉石と玉石の間のみずぎわに石のごとく鴨息づく時間
田中進（鹿児島・姶良市）

人類の敵は見えない敵と知れ　人と人とは手を取り合わねば
敵ならば殺せる人間の性《さが》悲しロシアの侵攻世紀の悲劇
田辺静代（宮崎・川南町）

人や国みんな違ってみんないいみんな生きてる同じ地球で
幼子の声耳にしてこの平和抱き締め思う彼の国のこと
玉水多恵子（名古屋市）

卒業式帰りか袴の女性らに「ミモザをどうぞ」と三月八日
ロシア軍撤退せよとプラカード掲げし友はマスクに国旗
田村幸子（徳島・藍住町）

さにづらふ艶れしをとめの志今につなぐをわれも願はむ
戦争は営舎の門前街の角役場の午後に平然と立つ
檀原渉（宮城・七ケ浜町）

平和の子　七十五年の道の果てにウクライナの夕焼けを見る
「敗走の父は馬上で大も小も」　告げた友に今こそ会いたい
土屋美代子（千葉・流山市）

虐殺をされしは老女《おい》の夫か子か手をふるわせて墓標に名を書く
やあ佳《けい》くん、君の産《あ》れたるこの地球《ほし》は汚れているが希望もあるよ
堤智子（仙台市）

地下鉄の暗がりの中みどり子が産声あげしとキーウの記事に　津村裕子（大阪・藤井寺市）
初物の花甘藍を茹であげて湯気の向うに祖母を偲びぬ

「戦争は絶対にダメ」と半藤さん我も引き継ぐこれからの子に　永井菊子（江戸川区）
コロナ禍で子ども食堂できなくて弁当配る人らやさしき

ケア友を拾ひて露地をめぐるバス今日は女性デーミモザ黄に照る　中島峰子（目黒区）
後方へボールを送りトライ目指すラグビー戦法わが夢に似て

花にかこまれ笑まう遺影の小さき記事切り抜きてきょうの日記に貼りぬ（中村哲医師）　長畑望登子（大阪市）
敵基地というその敵はそもいずこメルヘンにするな憲法前文

空色の平和委員会の旗揚げ平和盆踊り青年会と共に　中村國雄（岩手・宮古市）
原爆死没者名簿の「風通し」五十万人分いのち悲しや

まっ先に徴兵されむ二十代の孫三人あり　戦争《いくさ》よあるな
戦争を知らぬ若きらの中にゐて一人さびしく固陋をまもる

中村雅之（青森・つがる市）

黄の花は平和のしるしかたばみよミモザよ飾れ総の大地を
蕗のとうグラスに挿されしさ緑はいのちの色と我が妻は言う

行木幹雄（千葉・山武市　故人）

核を手に世界を威すプーチンに天与の裁き今ぞ厳しく
ひと雫の生命の極み生き継がむ和の守人らぞ戦無き世を

西シガ子（鹿児島・奄美市）

演習の戦車の群れや戦闘機日々見るニュースに戦争の影
泣きじゃくり父との別れ拒絶する戦地となりしウクライナの子

西岡秀子（京都・長岡京市）

戦争を知る人たちの思いは深し痛みこらえてビラ折り配る
緊急事態宣言下でのコンサート聞きてこみあぐ感謝の涙

西田ミヨ子（江戸川区）

「兵器で未来は守れるか」地方紙の論説ひびくイージス・アショア
西山和代（秋田市）

ひそかにもデモ参加者を調査とう表現の自由度ああ七十一位
西山桧尾（三重・尾鷲市）

霙《しぐ》るとも陣頭の旗朱に映えよ　歩武整然なり八十路なおゆく
野村太貴江（福岡・宗像市）

戦禍また絶えざる世紀に一〇〇年のいまを輝く反戦の党史

ぬいぐるみ抱く少女のつぶらな眼　未来平和の願いあふれて
橋本一枝（埼玉・深谷市）

人殺し平和訪れるはずはなし言葉の力信じる我は

「ごめんね」と「ありがとう」とが言えること幼に教える仲良しのこつ
橋本俊明（三重・鈴鹿市）

言の葉にのせるは易し平和とう人に課されし永遠《とわ》の宿題

高一のわれに活動家たるを説きしかのキシダ氏のその後を知らず

撤退を転進と呼ばせし大日本帝国軍隊の愚かさあまた

雪被り弓なりし竹今撥ぬる戦への道共に閉ざさん
リズム佳く雨樋流る雪解水大川となし軍拡を阻まん

服部宏子（滋賀・高島市）

死なないで殺さないでよ　いのちだもん　みんなお母さんから生まれてきたのに
さあみんな‼世界のお祭りひらこうよ‼　「〇《わ》っはは‼地球‼」輝くいのち

林暁子（大阪・吹田市）

戦後七十六年無言館に生きているやさしい家族を描きし画学生
コロナ禍は緊急事態宣言解かれても不安つのるは我のみなのか

林美恵子（栃木・佐野市）

声かわし笑《え》む幼子《おさなご》に頬ゆるむこの子ら守れ戦争《いくさ》にやらぬ
病舎からいま帰ったぞ大事な時代《とき》平和を守る列に加わる

林通文（東京・立川市）

目を閉じて冬の光に射ぬかれる赤きエネルギー少しざわめく
それぞれの糸が奏でる音の妙悩む心の標となりて

林友里子（富山市）

尊きは人の命と知りながら未だいづこにか戦いのあり
葉の落ちし梢の先の白き雲如月の空をいづこにか行く　原田春江（東京・西東京市）

あたたかい場所でねむれる極上を生まれたばかりの者たちは皆
祈るときすべてのひとはひとりです夜を走り抜ける海鳴り　東直子（文京区）

平和なる夕べよあれよ私も人々も唄へそれだけであれど
またしても平和の歌は消えさうだがんばれがんばれみんなのために　疋田和男（長野市）

伸びゆくはかのウクライナの国の花ことしの向日葵特別なりし
白寿にて逝きし寂聴の法話なり「戦争反対」耳朶に残れる　平松芳子（岡山・倉敷市）

自衛隊合格知らせ来なくても安堵の声をあげる父母
キエフへの道閉ざされて思い出す／南京の道閉じたこの国　ふかさわひさし（山梨・北杜市）

冬の星天上にあり幾万の平和の思い星座につなげ
山里に点在する地のビラ入れはリュック姿が一番と知る
深谷武久（茨城・常陸太田市　故人）

住む地球《ほし》は人の重さと核を持ちなす術なくば宇宙の塵か
欲望は自然や科学をあなどりて人の驕りで戦禍は絶えず
福島恵子（千葉・松戸市）

祭典に世界平和への姿あり集う若人目の輝きて
花を待つ蕾つらなる世の未来平和ある日に繁栄のあれ
福田幸子（神奈川・藤沢市）

戦争は政治の延長にありと賢人《ひと》の言う軍拡政治始まる日本
日本人「戦争はいやだ」と言う人多けれど軍拡政治の支持の多さよ
福田義之（神奈川・藤沢市）

菖蒲湯に入れてあげたし子どもの日地球はひとつ子どもを泣かすな
大国の一方的な陣地取り潰れる思いで見守るしかなく
藤木倭文枝（江東区）

日本国平和憲法百年見据えて今ぞ真価問われる
万国が富を分かち合う理想郷《ユートピア》夢にはあらじ平和であれば
藤田悟（三重・いなべ市）

コロナ禍の自粛の効果か空気冴え空の青さを両手に受け止む
衣食足り緑の野山に花の咲く何気ない日日確かな平和
古田立子（岐阜・各務原市）

年よりて思うにまかせぬ歯がゆさよ世界の平和を子孫に託せん
春雨に香り豊かな道の草つんつん芽吹くコロナに負けず
星静（東京・西東京市）

丹後にて子どもと歌う「ぞうれっしゃ」バトンつないで平和な未来に
「NO　WAR!」をヒマワリ掲げしパレードの若者の声世界に届け
星美枝子（京都・宮津市）

「ロシア軍の侵攻許さぬ」と山宣の墓前に誓う93回忌
百一歳生き抜きし母が文残すいつまでも姉弟仲よく暮せと
堀岡美和子（京都・宇治市）

攻撃や反撃とかの文字などいらない平和の意味をなぜわからないの
今年また桜に会えた　ありがとう桜は恋人　わたしの恋人

堀畑いつみ（横浜市）

参戦のこと語らずに逝きし父胸に秘めしこと多々ありすぎて
戦争をしない国にて育ちし吾心やすらぎコーヒー旨し

正本康子（岡山市）

戦争は愛国心の悪用だ真の愛国心はどのように
戦争は思いもしない禍根残す争い止めよ平和選ぼう

増田磨輝（札幌市）

引揚げきし体験胸にしまいきて今年もむかえる敗戦記念日
八月は原爆忌二つ平和への祈りのごとく蜩の鳴く

松下昌子（静岡・島田市）

平時なら重罪となる殺人犯　戦争犯罪とは何指すものか
「戦争は人の心も壊すんだ」満蒙開拓学びし孫は

松島房子（長野・泰阜村）

つづまりは郷里のことに触れたくて方言辞典引きて過ごせり
例うれば白なり無彩のすがしさに孫のびのびと二十歳となれり

松田洋子（横浜市）

春日にも凍てつく想い報道は世界を覆う戦争の影
手をつなぎ声あげること叶わざる平和への希《ねが》い三十一文字《みそひともじ》に

松村伸子（豊島区）

八月の長崎へ飛ぶ鶴を折る祈りを込めん指はきしきし
鎮魂と平和を祈る鶴なるにコロナの終わりもついつい祈る

丸林一枝（佐賀・唐津市）

黒塗りの文書の闇に戦争が頭もたげてニヤリと嗤ふ
戦いは「人新生」の特徴とＡＩは記す百年後には

汀真柊（兵庫・豊岡市）

五月闇よわに目覚めし枕もと「戦争ＮＯ」のあまた顕つ声
籠り居を解きて雪割りせる夫の背《せな》に春の陽やすけしと見つ

道真理（札幌市）

戦争も疫病もはや起こらぬと思いてきしが間違いと知る
破壊みて避難民見て思うことほこ先我にいつ向いてくるや

光田幸子（大阪・岸和田市）

給湯機壊れて長期の温泉《ふろ》通い海外《そと》に頼りの半導体なく
冬鳥は力貯えシベリアへ帰る眼下に悲しみの渦

宮崎研子（長野・上田市）

初日の出冠雪の富士は茜色朝やけの空に平和を祈る
三十一文字は私の心の扉を開けて未知なる世界に誘い行かん

宮田貴志子（東京・西東京市）

人は皆この小ささから育ちたり　平和であれと曽孫の服干す
小さき手で父の胸打ち泣きじゃくるキエフの親子の別れの朝《あした》

宮守八重子（横浜市）

世を変える意志光らせて傷深き海のむこうの人また思う
庭土に春色の萌《も》えつぎつぎと　このやさしさが枯れないように

武蔵和子（東京・東村山市）

コスタリカを理想の国のお手本に二十一世紀の大きなうねり　目賀和子（岡山・和気町）
九条を世界の国に広めたいヒロシマ・ナガサキ目に入らぬか

ねぢまげて武器で豊かになったとてうれしいですか世界のみなさん　望月和子（神奈川・逗子市）
まう二度とゆるすまじきことおこりうる弱き心が誘惑されて

絵本入ったリュックを背負ひ国境をめざして歩くあるく六歳　森暁香（埼玉・幸手市）
武力より外交をといふ十七歳《じふしち》の投書のありて薫風に読む

水鳥がのんびり泳ぐきらら湖を友らと一周青空仰ぐ　諸岡久美子（三重・菰野町）
冬空のレッドアクション手袋も帽子も赤く反戦掲げる

四千年進化遂げるも人類は未だ武器をば手放し得ぬか　安村迪子（大阪・和泉市）
若者よ非戦の力みがくべし世界の平和君たちの手で

パラ選手の力走見つつふと浮かぶ難民兵士のブリキの義足
「焼き場に立つ少年」今も少年のまま平和を訴え吾を泣かしむ

山口信子（江戸川区）

飽食と言われて久し二〇二〇年「吾子にご飯を」とう母のありとは
双六に遊ぶ子どもの歓声に明るい未来はあると感じる

山﨑みち代（東京・西東京市）

暑き中下校途中の高校生も幕持ち歩く平和行進
知らぬうちどこへ向かうかこの国は投票率は三十九パーセント

山下千恵（茨城・取手市）

足もじで共産党の躍進をたのむ夫　あの人にこの人にも
病身の夫を看るまにまに　どくだみ摘みてお茶つくる

山田明美（岐阜市）

子どもの日にウクライナの子に贈りたいずっとずっとの平和な暮らし
木を切られ資源を掘られ微熱あるつらくはないか地球よ地球

湯田悦子（東京・東久留米市）

手離せば戻らぬものの多くあり愛、平和、目に見えぬもの
いとせめて指揮する人は思ふべし攻守どちらも傷つきしこと
湯野佐代子（岐阜・笠松町）

クラスターあれば一挙に地の底だ医療陥没寸前の日々
人殺すため武器を買い潜水艦買わんとするか死の商人は
横田晃治（長野市）

人の世のコロナ禍戦禍熄まざるを初蝶を見つ初つばめ見つ
プレゼントあらねど母の日に祈る誰の息子も娘も死ぬな
吉川節子（愛媛・新居浜市）

侵略をやめよと叫ぶ思ひあふれピースウオークの歌を歌ひぬ
あの都あの草原にミサイルの火を打ち込むな声をあげよう
吉田麟（青森・むつ市）

外つ国の子どもの笑顔のカレンダー見るたび思う地球の平和を
一〇七歳の鎌田さん逝く戦災で死にしわが娘の衣裳を残し
吉田万里子（東京・西東京市）

反戦の声挙《あ》ぐ自由のある祖国《くに》を永遠《とわ》に守らん共に詠わん
戦争はあかんと叱る祖母の声旅立ちてなお憂える現世

吉田陽子（茨城・日立市）

御宿の丘の緑に囲まれし「房総のいしずえ」に亡夫は眠りぬ
環境にやさしいタワシをとヘチマ苗大きく実りてベランダにぶらり

吉松千草（千葉・我孫子市）

平和の句「我に戦死の教え子無し」これ　この誇り栞にしたたむ
平和です　七歳の娘は夢語りなぞなぞ楽し祝いの昼餉

余田たけ子（東京・東村山市）

水撒けば花は咽喉をこくこくと音鳴らし飲む　ああ原爆忌
校門をはじける笑顔駈けて来る　この子らによも戦あらすな

和田節子（大阪・茨木市）

岸壁の母とはならず子二人に送ってもらえるこのしあわせを
それぞれにわたしをひきつぐ孫五人願いは一つ戦ゆるすな

和田哲子（東京・狛江市）

月蝕と国会議事堂朝刊に平和憲法の明暗分かつか
ツイッターに侵略止めよの署名あり世界中から重なりてゆく

和田玲子（岐阜市）

第6章

ウクライナ侵攻

ひまわりを枯らすな

【第6章　ひまわりを枯らすな】（二一三五人）

万緑の青春の山訪ね来て分水嶺の標示鮮やか
クレムリン狂い無類の間違いかウクライナ兵一歩も引かず

青木みつお（東京・小金井市）

ウクライナに平和のヒマワリ咲き誇れ自由の旗も高くかかげて
幾年も人に尽くして兄の逝くランオンズクラブの会長として

浅尾務（東京・日野市）

コロナ禍に打ちのめされるプーチンの侵攻という戦争でないのか
ウクライナの少女の目暗い闇《やみ》テレビを越えてプーチンを射る

浅野惠子（札幌市）

男みな銃取り祖国護れとの命令有情戦野は非情
残留の父との別れに泣く坊やわが遠き日を想い涙す

浅部禎一（奈良・斑鳩町）

逝きし娘《こ》がロシアで学んだ若き日々侵略爆撃遺影から涙
ミサイルが飛び交う空におびえる子ら平和な祖国夢にまでみる

阿部まり（大阪・吹田市）

はらからの国に侵攻ロシヤ兵銃捨て祖国へ帰れ母待つ
プーチンに読ませてみたし憲法九条日本の平和保つ言葉よ

荒川冴子（岩手・盛岡市）

春かげのゆらぐは蜃気楼の街かウクライナ　マリウポリ
ウクライナの空へ晶子の詩《うた》を誦す　ああ　たたかいに行ってはならぬ

飯坂幸子（神奈川・平塚市）

戦争をすぐに止めよと声上がる　世界中でプーチンに向けて
砲弾はウクライナの地に砕け散った　種播く春に　カーテンが揺れ

飯島碧（川崎市）

いとけなき子を抱きつつ逃げゆく母の悲通の叫び「戦争《いくさ》をとく止めて！」
核だけは絶対使うな狂気のプーチン地球の滅亡招くは必至

池添智恵子（大阪・吹田市）

折られてもなおたくましく凛と咲く木槿《むくげ》一輪尹東柱《ユンドンジュ》の碑に
「ロシア軍は即時撤退！」と怒りこめ手書きのポスター掲げて立ち居り

池田三砂（京都・宇治市）

幼子の笑顔で走る可愛さを侵略者の目には映らぬものか　石川克也（徳島・板野町）

ウクライナの戦に倒れし人数多　弱者の声は届かぬままに

地球人すべて眼《まなこ》をみひらきてこのウクライナ心に銘《きざ》め　石川治明（東京・国分寺市）

その男子《おのこ》戦車に対い動かざり撃つなら撃てと声高に言う

コロナ禍とウクライナ戦争次次と刻まれてゆく歴史の教科書　石川桃子（徳島・板野町）

趣味に弾くピアノの音色にふと気付くウクライナの子の涙を想う

百歳が「春のうららの…」歌う老健のテレビはウクライナ侵攻をいう　石本一美（世田谷区）

ツテもコネもなくて自衛隊に入りしと口を歪めて子を言う人あり

知らぬ間に戦争だったと母答うわれは孫から問われたくなし　和泉伸子（岡山・倉敷市）

チョルノービリ、オデーサ、キーウを覚えたり遠くと思えぬウクライナの地

無差分に／罪なき人を殺戮す／愚かなプーチンの性《さが》ぞ悲しき
ロシアへの怒り心頭／いますぐに侵略やめろ！と／垂れ幕に書く

井田髙一郎（川崎市）

ウクライナへの爆撃やめよと駅に立つ若者寄りきて「戦争あかん」
「戦争やめよ」若からぬ五十人集まりて一時間ほどのパレードをせり

市川節子（大阪市）

夕暮のロシア抗議の行動にスーツの青年戻りてカンパする
ウクライナこの地で生きる子ども等はロシアで生きる子と同じだに

伊藤ふじ江（神奈川・小田原市）

息子らとロシアの侵略を話しおれば中一の孫がじっと聴きいる
風の日の広場に遊ぶ子ども等の声が木の葉のようにとび来る

稲原一枝（大阪・寝屋川市）

戦争を知らぬ世代へ恐ろしさ見せてロシアは侵攻をしたり
プーチンさんウクライナへの侵攻が夢であればと希う日々です

今井多賀子（大分市）

「パパは残った」少年の目に湧く泪よ　君の哀しみとあるよ世界は
青いはずの地球は歪みて今あるか人の人たる知を信じたき
岩井美代子（東京・小金井市）

大国ロシアの軍事侵攻まさかならずウクライナ爆撃の報地球を被《おお》う
地球と呼ぶ青く輝く星に生き戦仕掛ける国有る無念‼
岩川とき子（東京・清瀬市）

戦争も核もなくすときに入りたるに時代逆行のプーチンの蛮行
時代の先見据えつくりしわが憲法　軍《いくさ》の統治許してならじ
岩崎忠夫（栃木・宇都宮市）

プーチンは信長に似て暴君だいずれ誰《だ》れかが退治するのか
国民を苦しめる暴君目障《やつめざわ》りだ地球《ほし》からはやく消えてなくなれ
岩下義男（京都市）

後方の上がる火の手に追われつつ男の子は叫ぶ「センソウハイヤ」
遠くより銃撃を受け死にたりと母は背負いし子を揺すり上ぐ
岩本純子（佐賀・唐津市）

子よ孫よ自由に生きよと願うときプーチンの「Z」胸を焼きくる
植野良子（板橋区）

「戦争止めよ」と呟けば「僕も」と声がする　狂気に対峙する言葉は力

父が子に「すぐに会えるよ」と別れ際会えないかもと不安隠して
上原詩穂子（札幌市）

再建を願って一人チェロを弾くがれきの中のバッハの調べ

世界中がロシア侵略に抗議している。／われも声あげ／　プーチンへの書簡。
上原章三（長野・大町市）

瓦礫の下から／立ち上る力、／ロシア兵を　歩一歩と／　退かせる力。

ウクライナ、ロシア侵攻国追わる世界援助受けて反撃す
植松正幸（山梨・笛吹市）

コロナ禍もロシア・ウクライナ戦争もグローバル世界平和を目指す

「キーウから遠く離れて」さだまさし創りて歌う侵攻直後に
臼井恵子（横浜市）

ひまわり畑浮かびくるウクライナとロシアの大地「色とりどり」に

爆撃に妊婦が担架で運ばれる「敵基地攻撃」「自衛」と言うが
宇留間英一郎（大阪・藤井寺市）

世紀越え歴史の針を引き戻すヒトラーに倣うプーチンの意図

汚染水海に流して汚染土は盛土に使う「復興五輪」が笑ってる
江田清（福島市）

「あんなこと何故できるのかわからない」瓦礫と子等に涙する妻

少年兵志願は絶対許さぬと喚きし母の涙を忘れず
海老澤勲（相模原市）

無法者ロシアの戦車に轢かれても沃野のヒマワリ平和を求め咲け

何の咎あろうや戦火の中逃げまどう人々祈りつづけし平和はいづこ
海老名香葉子（台東区）

地球上の人達と手を握ろうよといまテレビに映りし戦争の残虐、くやしきかな嗚呼

近き過去ロシアの如き国であり侵略戦争せし国日本
遠藤彰（大阪・門真市）

春近き玻璃窓の内温かく世界大戦の予感におののく

ウクライナ刻々映る子らの顔想い起こせし避難・引揚げ
プーチンの頑迷な指揮キエフなど幾百万の未来を奪う

遠藤幸子（名古屋市）

九十歳近くの同志もスタンディング戦やめよと声ふりしぼる
戦争が目の前に立つ侵略の残虐写す朝の食卓

大河内美知子（愛媛・新居浜市）

疫病に台風・地震の地球上なお戦争の殺戮むなし
幾度の戦火にのまれしウクライナひまわりの花の深き哀しみ

大越美恵（江戸川区）

世界から侵略ノーの声響くそれでもやるか許せぬプーチン
なすすべは一人ひとりが立ち上がり拳をあげて「戦争はノー！」

大中肇（兵庫・加古川市）

彼岸より寂聴の声す「いい戦争はありません。すべて人殺し」
幾人のソフィア・ローレン生まるるやひまわり畑か戦車列なす

大庭杏（京都市）

被災より十一年目今もなお命の重みかみしめている　大畑輝子（京都・城陽市）
少年の瞳訴う戦争ノーやめろプーチン戻せ平和を

プーチンの／目の前で歌／うたいたし／死んだ男の／残したものは　岡田美知子（杉並区）
小麦畑／ヒマワリ畑も／ふまれおり／子らの泣き声／大地にひびく

ウクライナ孫には平和必ずと二度とあらすな戦火の日本　緒方靖夫（東京・町田市）
半世紀前ハルキウ訪ね今願う戦火おさまれムイル《平和》・イ《と》・ドリュジュバ《友情》イ（ウクライナ語）

マリウポリ地下壕の中に子を抱く母は愁いのブルーの瞳　岡村靜（東京・町田市）
空襲の重き体験もつ友は見るに耐えぬと　キーウの惨状

これ以上建物、人命壊さぬよう戦争止《や》めて、止めるべきなり　奥村晃作（板橋区）
我が師宮柊二先生体験を踏まえて叫ぶ「戦争は悪だ」

人間も例外ならずと知らしめる『西遊記』の妖怪たちは
核兵器を誇るロシアのプーチンは妖怪なるや悟空やいずこ
奥本淳恵（広島市）

桜散り肺病みし夫はコロナ禍を乗り越え得るも師走に逝きぬ
悪夢か？思い出のあのキエフバレエに黒き戦車が襲いかかるとは
尾崎けい子（大阪・岸和田市）

ブチャの街　茫然と立つ女性《ひと》は言う　たましいまでは奪われないと
忘れない！ロシア批判をする前に　同じことしたかつての日本を
小澤美佐子（静岡・藤枝市）

青と黄の服に着替えて街路へと侵略するなとアピールに立つ
オミクロンの発生数を告げもせず米軍素通り我が物顔で
小田順平（堺市）

ネモフィラの丘に五つの玉の緒よ今し平和の礎を知る
「白バラゾフィー」何と叫ぶかロシアにも　ナチスに学べぬ八十年《やそとせ》前の
小野勝子（茨城・日立市）

一般市民、病院、学校、劇場まで攻撃する暴挙に抗議して作られた仙台市商店主の看板

大輪の花の咲けよと種を蒔く向日葵の国ウクライナに向け
一月に産まれし孫を抱《いだ》きつつウクライナに居る嬰児想う
小野香代子（大分・豊後大野市）

ロシア軍と戦うウクライナの男たちどこか似通う防人兵に
被爆国の日本の政治家は言いたりき「核の共有」議論せよとぞ
尾上郁子（大阪市）

ウクライナひまわり畑にかさなったソフィア・ローレンのゆがみし顔
爆撃後父母等をさがす幼子は医師をめざすと大きな澄んだ目
小野田アヤ子（静岡市）

生きよ生きよただ生き延びよ懐こかりしウクライナ人《びと》ボルミール小父さん
柊二が歌一首をさがし一日経ぬプーシキンの国憎むこのうた
恩田英明（埼玉・朝霞市）

山茱萸の花咲き灯す二月尽北の狂気が兵を動かす
細長き楕円テーブルの端と端嘘つきプーチン何を恐るる
加来光吉（福岡・行橋市）

戦場のリアル画面とビール飲む女優の宣伝地続きなりや　楫野政子（兵庫・尼崎市）

夏くれば笑みつつ西瓜下げ来し人原爆手帳受けず逝きたり

軍靴をひびかせ戦争がやってきたウクライナの街を暮らしを粉微塵にして　樫村奎子（茨城・日立市）

戦場にたおれし屍納体袋に穴に放らるつぎつぎ重なる

「ママ僕たち人を殺しに来たんだよ」ロシアの兵が悲しみを母へ　梶本弥恵（大阪・泉大津市）

人間の怖さを知りたりいくさ世は人権を奪い地球を壊す

伝統歌《うた》うたい兵士に料理をウクライナに命賭ける女性《ひと》らの連帯　加藤和子（杉並区）

ひまわりの下に兵士眠るウクライナプーチンの非道は民も犠牲に

マリウポリ砲撃犠牲者多過ぎて野犬等喰らうは死人《しびと》の腐肉　金井和光（埼玉・富士見市）

ザポロジェ攻撃示唆すミサイルの手頃な標的「原発銀座」は

一年ぶり一合の酒呑み余し「プーチンの野郎！」と喚き寝ねたり
金沢邦臣（岩手・宮古市）

ロシア軍〝50病院攻撃〟と新聞はあり四月一日、年度の初め

ウクライナ医者になりたい四歳児何故と聞かれて「助けたいから」
金森丸人（堺市）

思い出の露店の隅に旨きもの食材すべてウクライナ産

幼子抱く女らの列三十キロバス捨て歩く西へ西へ
嘉部明子（東京・町田市）

戦争は人殺しなり目そらさずしっかりと見よウクライナの子を

難民のハイハイする子ニコニコと都営住宅に着きしその日に
鎌田仁実（神奈川・小田原市）

若者は武器持たずして戦うな狂気去るまで生きながらえよ

爆撃の画面を見つつ菓子つまむ手の止まりたり罪の意識に
上山澄江（東京・国分寺市）

朝ごとに生命《いのち》のつぼみ芽生え出るアネモネ届けたし戦場の地に

人類の滅びの姿まざまざとロシアはウクライナを討ち始めたり
チェルノブイリの悲惨は今も収まらず小児ガンに逝く子をみおくる親が

蒲原徳子（佐賀・江北町）

大き涙ポロポロこぼし耐えているウクライナの少年パパとの別れ
春めく空に北帰行の群れが飛ぶロシアは危ない気をつけてお行き

川越誠子（青森・弘前市）

泣きながら一人ぼっちで歩くウクライナの子時空を超えて抱きしめたし
秋晴れにダウンジャケット洗いあげ乾燥させればふんわりふくらむ

川崎通子（大阪市）

薔薇・紫陽花初夏の花々咲き競い玄関前を明るく照らす
プーチンは核の脅威をちらつかせ土足で他国に血の雨降らす

河田玲子（大阪・高槻市）

朝八時「アルデバラン」が流れる。ウクライナにも届け！私も歌う
歌は言う「笑って笑って」と。侵略者ロシアの蛮行を許さない

河野郁夫（杉並区）

全国に基地はいらぬと広がる声平和なくらしとりもどすまで
川畑てる子（京都・宇治市）

ロシア軍の原発攻撃今日もまだ侵攻やめろとテレビに叫ぶ

「身を守る」銃持つ自由のアメリカよ年に銃殺八万を超ゆ
神田武尚（熊本市）

プーチンの逆鱗にふれし反戦デモ　戦前虐殺・獄中十五年

シェルターの中の人等の映るたびなぜ砲撃をする人間同士
神田敏子（千葉・柏市）

密に咲きし豊後の梅の蜜に来し一羽の目白「まんぼう」解除

ウクライナの民に幸せあれと祈る目覚めて思う眠りて思う
来嶋靖生（東京・武蔵野市）

遠き日の悪夢の今に蘇るウクライナの民に幸いのあれ

花冷えの日曜夕暮れウクライナの平和を願いスタンディングす
北村るみ（山口市）

たかが紙されど紙と思い知る手に取る離婚用紙の重さを

潮騒の聞こゆるカフェの古民家に映画「ひまわり」のテーマ流るる
ウクライナ侵攻やめよ夜をこめて三人《みたり》の友に手紙をつづる
鬼藤千春（岡山・浅口市）

母親に手をひかれ行く幼女《おさなご》のあどけなさかなし戦禍の街に
憲法前文若き友らと学びあう生き来し日憶う九十一歳
木下かおる（茨城・水戸市）

朝もやを裂いて聞こゆるジェット音ウクライナ思い木下に入る
ウクライナの国旗の浮かぶすいかずら戦火を逃げる子　犬を抱ける
木原かつよ（福岡・苅田町）

ためらいはなかったろうか逃げ惑う母娘を射抜くその引き金に
たわやすく少女の額を打ちぬきしロシア兵にも妻や子はおり
木村美映（青森市）

権利などあるはずもなし他の国を爆撃し殺戮を進める現《うつつ》
「憎しみこそが戦争を生む。憎みたくはない」爆撃受けたるウクライナの女性《ひと》
木村雅子（神奈川・鎌倉市）

ウクライナ国ロシア砲弾　敗戦樺太逃走へソ連機
ロシア軍からウクライナ隣国逃歩　樺太闇避戦後のソ連軍
工藤威（板橋区）

恐ろしや誤認のゆゑに撃墜をされし一機の死者一七二
戦争にだけはするなと言ふ声の無視されて今空爆の惨
久保田登（東京・羽村市）

アルプスのふもとの小さな街の中九条守れのポスター光る
侵略をすれば当然死者も出るプーチン君はサタンの味方
栗山弘（京都・八幡市）

この空に　続く戦禍のウクライナ　隣合わせの痛みと恐怖
「欲望の果てに滅亡」　人類の墓碑銘となり地球史に載る
黒川万葉子（千葉・我孫子市）

籠り居に「戦争と平和」を観る春の昼　現のロシア進攻始む
死にゆくは兵士　国旗を背に負ひて戦争の大義いかに語れど
小市邦子（川崎市）

「戦争は絶対ダメ」と媼言うプーチンの写真鋭く指さし　河野行博（江戸川区）
軽々と「核共有」とほざきいる被爆者の無念知らずに言うか

島国に鳥は通ひて侵さるる国境線のいのちかなしむ（ロシアによるウクライナ軍事侵攻）　兒島春代（東京・八王子市）
戦争は道なき道を来たりけり核発電所おそふ空爆

爆撃に崩れた街にチェロの音　響き渡らせる一人の奏者　小菅貴子（東京・町田市）
戦争する国へとしきり傾けば憲法九条今光るとき

「無茶しよるなあ！」昼の飯屋でおっちゃんの大き舌打ち　ウクライナ無惨　小西美根子（堺市）
空色と小麦色帯び一斉に咲きましょうかと日本のさくら

ひもじさの戦時の記憶もつ母は米一粒も捨てず尊ぶ　小林加津美（川崎市）
「NO　WAR」と叫ぶ人らを足蹴にし引き抜きてゆくロシア警察

夏空は遠い記憶を呼びもどす焦げつく土に降る黒い雨
ウクライナの街に砲弾とび交うをテレビに見れば堪え難かりき
小山順子（兵庫・伊丹市）

パラリンの滑走のあとに爆撃のニュース告げるアナ泣きそうな顔
桜咲き浮かれし心もウクライナ思えば西行の歌にもひたれず
斎藤惠子（板橋区）

マリウポリ知らない地名であったはず今戦争で知りたくはなし
ウクライナの国歌を聴くと伝わりぬ「コサックの子孫」誇り高らか
道祖尾朋子（江東区）

戦争かロシアが誘ふ改正案徴兵制が透して見える
遺ひ魔が朧に私語く火の魅惑キーウの空に砲弾を投ぐ
坂井誠司（埼玉・越谷市）

プーチンを暗殺せよと宣うも正にその様プーチンの様
プーチンを止めてトルストイよチェーホフよ人間が台無しになる前に
佐久間眞一（横浜市）

ベトナムの過去もウクライナのいまも変わりはあらず侵ししは避《ひ》け
「プーチンの演説はウソ」留学生ロシア人女性は涙をぬぐう
櫻井志代子（和歌山・橋本市）

憧れしオデーサ、キーウ、マリウポリ忌しい形で知るのは悲し
死にたくないと涙を流す少年は冷たい地下の壕に座りて
佐々木正子（大阪・吹田市）

シェルターにあやせど笑はぬ幼映りチャンネル替へればプーチンがゐる
かの大戦語らず逝きし父　母よ銃声爆撃画面に見入る
佐治初巳（東京・立川市）

秋水の悲戦の碑《いしぶみ》除幕して九条破壊の濁流に立つ
青空と麦の黄色のウクライナ旗掲げて若きら反戦の列
佐竹峰雄（高知市）

ウクライナへのこの戦争にわく怒り今日の夕陽は真赤に燃える
敵基地攻撃・核共有などプーチンに似る日本の危機
佐藤誠司（千葉・我孫子市）

やばい国になってしまった　敵基地を抗撃能力持つと総理は
プーチンの野望の果てに爆撃のウクライナの影像飛び込んでくる

佐藤宏子（青森・深浦町）

ウクライナを逃れる母は泣きじゃくる娘《こ》に頬ずりし「プーチンに死を」と
ロシアに学び敵基地攻撃能力をと九条を足蹴の声の弾みく

佐藤寛（千葉・多古町）

妻と子との平和な夕餉は破られて戦は夫を戦場に駆る
妻子残し銃持つ男のトラックの上にて手にするひまわりの花

佐藤美佐子（埼玉・ふじみ野市）

ロシア侵攻うけし樺太に難民となり飢えしはよみがえるいま痛切に
集会にトランペットの音は高らかに「ウクライナは滅びず」の国歌響かせ

佐藤洋子（板橋区）

元日の朝地図上の核禁止批准の国に赤丸をつける
ウクライナ脱出バスの窓にうつる絶望ふかき灰色の目

佐野映子（大阪・箕面市）

雪解けの時を待たずに戦争がウクライナにて火花を散らす
戦争でウクライナには長い冬人命軽く核ものさばる

佐無田義己（和歌山・橋本市）

ポーランド国境の町のボランティアピアノが奏でるイマジンの調べ
週一回交差点でのスタンディング青と黄色のボード両手に

座馬乙葉（岐阜市）

今世紀まさかまさかの戦争が目を覚まさんかプーチン大統領よ
コロナ禍が世界をおそいとまどいぬ征服する日を待ち望みおり

志賀勝子（東京・小平市）

ウクライナ戦禍の最中《さなか》パラ選手メダルを獲得胸熱くなり
巣ごもりや百人一首を筆写する水茎の跡佗助散りぬ

宍倉緑（埼玉・所沢市）

反プーチンデモに連なる二十万人《にじゅうまん》健やかであれ国も身体も
デモをせし人らや如何にウクライナ侵攻の後のロシアの民よ

篠田理恵（岐阜・関市）

ウクライナを情け容赦なく侵略するロシアにかつての日本を見たり
蓬来橋に観光客の声響く空襲逃れ駆け抜けし橋
芝田よし子（静岡・島田市）

人類がコロナと闘うべき日々を核を飛ばして実験なし居り
プーチンに馴染める心持ちいしに国家背負うと悪魔と化しぬ
渋谷恭子（兵庫・西宮市）

ウクライナ原発の前に列なして守りしも翌日火の手の上がる
百万の人国境を越え難民となる赤児と母も父は闘う
清水蒼子（中央区）

「NO　WAR」のプラスター掲げ明日も立つウクライナ地に平和来るまで
コロナ禍の水温む頃穂谷川に摘みし蓬の餅ほろ苦し
水津玲子（大阪・枚方市）

殺し合いするほど憎いものは何命やさしく二度とかえらず
古い本探して読む日来たりけり平和は未来寛容もまた
菅木智子（岡山・笠岡市）

絵本好きの歯科医の院の待合にウクライナ民話「てぶくろ」立てり
侵略の罪を背負うと流暢な日本語で言うロシアの若者

杉本琢哉（大阪市）

ウクライナへのロシア侵攻愚かなり英知あつめて／話しあいこそ
母の古里《さと》戦火のがれて三年《みとせ》経《た》ち学びの庭になかよし小道

杉山悦男（大阪・枚方市）

ウクライナ　ロシア戦死者の穴も掘る葬儀屋女性淡淡淡と
信念を保ちつ高齢施設《しせつ》二十年コロナに呑まれ泣く泣く終う

助川典子（茨城・日立市）

地下深く外環道を掘る工事中止さるとうひとまず安心
プーチンは核を念頭に置いたとう誰も止められない王様は裸

鈴村芳子（杉並区）

プーチンの育ちし環境いかなるか元教師われ研究したし
一世紀時代を間違え現れぬヒットラー真似てロシアのプーチン

首藤隆司（新潟・燕市）

写真／市川秀夫、東京・羽村市（赤旗「読者の広場」より）

武器供与人道回廊ふりむけば雪に折れたる水仙が咲く　砂澤俊彰（東京・町田市）

前線へ糊口求めてゆく民の影あり地平を夕日が包む

春めきぬ九十九島の隣には戦争の顔米軍の基地　清家克子（長崎・佐世保市）

プーチンへ命の叫び届かぬか子どものさけびに我も叫びぬ

老い深くきざむ日々にも戦なき世にある幸「九条」の中に　関家さよ子（佐賀市）

「太陽を二ヶ月見ていない…」ウクライナの子の叫びテレビの前の我力なく

地球儀の無くてお古の「中学校社会科地図」にキエフ確かむ　千石久子（茨城・日立市）

ウクライナの記事スクラップ続くるも支援のひとつ今日も切り抜く

第三次大戦想わす暴挙なりロシアの侵攻他人ごとならず　相馬芳子（栃木・那須塩原市）

赤ちゃんの産声聞こゆる産院にロシアのミサイル容赦もあらず

「ナチス奴《め》ッ」とウクライナ討つ錯乱・暴虐の張本人・人非人！プーチン即《そく》去れ　髙島嘉巳（大阪・茨木市）
『※戦争と歌人たち』の懊悩遍《あまね》くも今し「世界に平和を！《ミールミール（ロシア語）》」とぞ鋭《と》く及び来ん（※篠弘著）

暴君《プーチン》の命に従ふ兵哀れ無差別殺戮人道外す　高田欣一（福井・越前市）
名曲の「展覧会の絵」の終曲の「キエフの大門」無事にあれかし

「戦争をしない国」誓いて守る9条署名震える手にて書きくれる人　高山永子（東京・調布市）
ひまわりの国ウクライナ爆破映像ロシア包囲で世界を走る

規制委が先づ撤けといふ汚染水漁業者の声後にまはして　滝口《たきぐち》正治（兵庫・八尾市）
ウクライナの国を蹂躙するロシア世界の民のこころ蝕む

頬ぬらし両の手合わせ我を見る地下避難所の幼き子らよ　武田仁（板橋区）
何を見て何を聞いてか動かざる地下避難所の子らの目と口

ベビーカー百九台ならベウクライナの殺された命　私のスマホに　竹中トキ子（岐阜市）
オミクロン蔓延防止会えぬ孫ら恵方巻つくる有明海苔で

この地球《ほし》のウクライナの地へ生れし児よ臍の緒取れぬままに殺され　竹山真知子（熊本市）
春の陽と暖たかな風届けたし地下に生まれしドネツクの児へ

無差別爆撃の止むことも無きウクライナプーチンの野望ヒトラーに勝る　田代元一（静岡市）
マスクして「キエフの鳥の歌」をあふれる涙ぬぐわず合唱したり

ひまわり畑に戦没者の眠るとう no more war no more Hiroshima　舘登和子（茨城・日立市）
カザルスのチェロが奏でる「鳥の歌」peace peace と鳴いているのに

大地震に思はぬ断水みず運ぶ暮らし根こそぎウクライナいかに（22・3・16）　立谷邦江（仙台市）
プーチンの狂暴歯止めなき独裁者日本のあゆみよいまこそ9条を

花吹雪を浴びし車が前を行く　兵器を捨てて花見をせんか
少年は軍に憧れ手製の武器を　二〇二二年この日常よ

田中明子（茨城・日立市）

命賭け反戦デモするロシアの市民プーチン見てますか、この団結を
衆院選のポスター貼り出し無事終わり栗ご飯炊いて仲間らと食ぶ

田中賀津子（滋賀・大津市）

目交いに大き瞳の消えやらず戦火の路上のキエフの幼の
地球儀の北緯50度にキエフありキエフの子らに防寒服は

田中秀子（佐賀市）

手をつなぐ術《すべ》はなきやと思いおり破壊の映像世界をめぐる
初音聞きし朝のニュースに侵攻を知りてプーチン何を血迷う

田中富美恵（山口市）

地下壕に恐怖に怯え涙するウクライナ人の未来奪うな
ロシア軍核をにおわせ戦激化　二度と核など使ってならぬ

棚田百合子（徳島・藍住町）

轟音を蹴立てて戦車のウクライナへ美《は》しき雪原泥にまみるる
憧れの祖国は鬼形ふたたびの防破堤はかりミサイルの島へ
玉城寛子（沖縄・豊見城市）

「ロシアより愛をこめて」踏み躙《にじ》るプーチンはラスプーチンに似てくそ坊主
お持ち帰りのハンバーガーを忘れるな　ドローンが戦争を運んでくる日
千々和久幸（神奈川・平塚市）

プーチンの蛮行に震え怒り書く一枚のはがき米寿を迎え
ひもじさの戦後に学んだ感動の「あたらしい憲法のはなし」
千葉碧（岐阜市）

父親と別るるを拒み抱きつきて泣きやまぬ児よキーウ駅頭に
保育園の児の目の高さに花ひとつ咲かせいるなり櫻の古木は
津田道明（名古屋市）

前線に招集される「総動員令」にてウクライナにもはや自由はあらず
人が死ぬ街が壊れる戦争を地図にたどればあまりに狭き
土谷ひろ子（茨城・取手市）

国境を踏みにじり虐殺者《ブッチャー》押し寄せ来　鳥より軽きか烏克蘭《ウクライナ》のいのち
さくらはなびら散れど隠匿《かく》せず此の星の止まぬ戦にああ数多《あまた》え重の死
寺内實（熊本市）

語る弁士黄のスカーフあざやかに覇権主義との闘いを言う
焼かないで壊さないでよこの地球ひまわり大輪大きく咲けり
戸井田春子（東京・立川市）

プーチンにいかなる正義のありしかや考え考え深夜となりぬ
コロナ禍にアイデア誇る印刷屋明かりの消えて半年を過ぐ
戸澤泰子（札幌市）

ウクライナ支援に賛成さまざまな戦争体験知りにし吾は
何故に人は戦に従うや真上に咲きし桜に問わるる
轟恵理子（杉並区）

ウクライナ泣き叫ぶ子らと重なるはかつての日本の戦争孤児たち
生まれたる赤子は知らぬ理不尽を生き過ぎるたび落胆させるな
冨岡ゆかり（京都・与謝野町）

キエフに残る家族気遣うウクライナ人他人ごととは思えない私
日本国憲法ない世の中に生きておらず改憲下の日本に生きたくはない
冨田臥龍（江戸川区）

戦争は最大のテロ　ロシア軍の侵略許さぬ世界の叫び
「核共有」と維新右翼ら騒ぎおる憲法九条今こそ世界に
冨田玲二（静岡・伊豆市）

2021・1・22核兵器ゼロへ世界の歴史は動く
プーチンのロシアに正義のどこにあるウクライナ危機春あらし吹く
内藤ます子（練馬区）

プーチンの狂気を如何に止めようぞ幼子の涙パパは残った
大振りの栗の甘露煮ほおばりて戦なき世の実りかみしむ
中靖子（奈良・生駒市）

戦場に今朝も雪降るふはふはと桜のたよりに華やぐをりにも
戦火止む光の見えぬウクライナにただに願へり　こころ沈むな
仲井真理子（富山・小矢部市）

狂人が核のボタンを握るとき全世界をば騙し続ける
谺《こだま》せるウクライナからシベリアに凍土《ツンドラ》の地をひたすら歩く

長江良己（愛知・瀬戸市）

認知症言葉ばかりが広がりて人権無視がかくれて進む
ウクライナ支援の決議市議会で我も急ぎてカンパに向かう

長尾瑞子（岐阜・中津川市）

只明日を夢みる幼ゆえも無く殺戮されし戦ぞ悔し
駅の子と呼ばれしかつてこの国の戦蛮行思いおこせば

中里奈都子（大阪市）

避難民にあらざるわれが歩きたるかの日のクラカウ美しかりき
ゼレンスキーより孤独はプーチンにこそ深く死までを覆ふ疑心暗鬼は

永田和宏（京都市）

空爆に恐れ戦くマリウポリ「空を閉じて」と少年が言う
避難先より「ふるさと捨てず」と戻りきしウクライナの街に花植える老婦

長田裕子（千葉・四街道市）

プーチンの一声で壊れる街並に普通の暮らし早く戻れよ
ウクライナの惨事の映像追いながら夕餉にいつものワインを少し
中根武子（茨城・日立市）

逃げ惑う戦場《いくさば》の街・幼児《おさなご》はあどけなき笑みレンズに向ける
キッチンに蕗の香漂い春来れど戦禍の国に春などは来ず
中野綾子（大阪市）

ピカソの鳩肩に靡かせ六十年歩き求めし条約の成る
瞼に遠きキーウの惨禍過ぎらせて今日もマイクを握り続ける
奈良達雄（茨城・古河市）

われもまた難民となり満洲の曠野をさ迷い絶望の日々（ウクライナ難民に想いを馳せて）
九条を生かす実践示したる中村医師は誠の勇士（アフガンの荒野を緑野に変えた業蹟）
西澤愼（兵庫・宝塚市）

プーチンの蛮行は／ウクライナの全土に／病院・学校への攻撃は許せぬ
この子の死を見てくれ／死者が増えている／核原子炉にも打ち込むとは狂気だ
西沢幸治（長野・大町市）

国会の答弁席にもアクリル板厳しい問いも避けるがごとし　西原たき子（滋賀・大津市）
撃つ兵も撃たれる兵にも母がいるウクライナにいるロシアにもいる
ウクライナに戦火つづく日傷つかず稚児のやうなるふきのたう摘む　西山博幸（福岡・大牟田市）
ウクライナの地平に沈む太陽は大地の麦の泪を見たか
チャップリンならウクライナ鋭く撮るだろうプーチン主役の「続・独裁者」　二瓶誠一（江戸川区）
「万国津梁《ばんこくしんりょう》の精神」で未来を開くと友よりの絵葉書届く美ら海碧し
ウクライナの戦況どうかと目覚めたらテレビをつける癖の悲しさ　布引球子（大阪・八尾市）
遊びでも戦争ごっこはみたくないロシアの軍事侵攻画面をみれば
「わが恋人」と夫を偲びてひとりディナー沖縄の義母の結婚記念日　沼田信子（大阪・吹田市）
ウクライナのひまわり若者悲しめる未来断たれし無念思いぬ

喜寿といふ峠を越して振り向かずこの道染めよ春の夕焼け
侵略あり　死者・避難民の熄《や》まぬ地の花群れは泣きし「ひまわり」のシーン

野村スミ子（神奈川・綾瀬市）

ウクライナ人ら脅ゆる爆音の途切れし間《あひ》の風の音にも
オボーリン、オイストラフの「春」を聴く。奏者ら故国に春やいつ来る

萩原卓（横浜市）

ドラえもんの扉がほしいコロナなき音楽祭まで亀歩ませて
戦争の死角の日暮れ国境まで泣きつつ歩むはわれかあらぬか

馬場あき子（川崎市）

ウクライナの父と別れて祖国去る少年の涙ロシアに届け
一本の被災供養碑海を背に塩谷岬の浜辺に風紋

浜田萌子（埼玉・所沢市）

初夏の風夫のハモニカ孫の顔戦争以外は言葉となるを
迫り来る戦火を知りて演奏す独立広場のオーケストラ聖し

濱本まゆみ（千葉・我孫子市）

平和とはかくも無残に崩れ去るものと知らさるるプーチンの蛮行
見上げれば水鳥の飛ぶ街角にＮＯ　ＷＡＲ訴え仲間らと立つ
早川市子（群馬・明和町）

茜さす西空《にし》の彼方はウクライナを侵略するロシアの砲火の色か
コロナ故と叫べば皆が従き来るにロシアと言ふなり皆の顔くもる
原木俊雄（静岡・藤枝市）

いつまでも続くや二国の攻防が人の命はそんなに軽いか
一瞬に町が激しく壊される平和な生活悪夢の中に
原田鏡子（神奈川・小田原市）

プーチンの傲慢戦争ヒト事の如き報道黙し聞くまい
ウクライナ　ロシア侵略戦争の子らの殺害チラシで訴え
原田徹郎（岩手・一関市）

又となきいのち軽がる奪いゆくロシア・プーチンがミサイル撃ちて
軍事費の急増改憲とワンセット軍靴足ばや地球の危機迫る
比嘉愛子（沖縄・浦添市）

夜叉の面付くが如きにプーチンの凍ゆるマスクに死せる眼差し
軍備費が世界の国から消ゆる日よ地球の生き物サンバ踊らん
樋口あけみ（岐阜・笠松町）

まち行けば青と黄色が目につきて砲撃止まぬウクライナを思う
プーチンへ集めし怒り六十人スタンディングに寒風吹くも
樋口福子（大阪市）

核を背にロシア侵攻ウクライナの街を消しゆくその歴史まで
ウクライナの戦場に咲くクロッカス瓦礫の横にむらさきの花
平井千恵子（東京・武蔵野市）

地下壕に閉じ込められて生きし子は割れし氷の眼で見つめおる
戦争で生体防御を喩ふれど国の防御は言葉の力
平田まり（神戸市）

赤ちゃけた戦車のうえの軍靴問う母はいずこやまして妻子は
汝が母の腕《かいな》に抱かれることもなく土塊《つちくれ》となり果ての異郷で
廣原秀憲（大阪・枚方市）

虐殺はフェイクだと言い張りて口軍いまなお砲撃止めず
戦死者の絶えぬ時代のあの頃も料亭通いの高官がいた

深野一郎（福岡市）

戦いにゆく父との別れに幼子の悔しみの涙テレビは映す
自販機の灯りに寄せて書きくれし九条署名達筆なりし

福井美代子（徳島・藍住町）

ネオナチへの軍事行動と言いくるめ侵攻隠すプロパガンダ
プーチンの言論統制聞くにつけ頭を過《よぎ》る治安維持法

福田千里（福岡・みやこ町）

攻めらるるウクライナ見るかくばかりありしか「支那」に日本攻め入り
武力にて攻め入る国に悲武装化求められおり雪のウクライナ

福田鉄文（宮崎・日向市）

片あかね街空を刷き　黄金のキエフ大門陥ちてはならぬ
なまぬるくほとばしる水に手を洗う帰りきて宵をいっぽんの葦

福留フク子（神奈川・平塚市）

ヒトラー、スターリン、プーチンでアベを連想して　すんなり怖い
プーチンよ前線に出よ戦場の自身の無法の惨劇を見よ
福山隆（兵庫・三田市）

青と黄の国旗を軍靴は踏みにじる麦の穂熟れる大地の旗を
背伸びしてミモザの金色写メールすどこか女性のざわめき聞こえて
藤井博子（埼玉・新座市）

平和ボケの温《ぬく》い空気を打ち破るウクライナへのロシア侵攻
ロシア軍の侵略戦争好機なり改憲派達はのさばり始む
藤江成子（埼玉・本庄市）

交差点「戦争やめよ」とスタンディング車の人も会釈してくれる
ロシア軍ウクライナ侵略二カ月余廃墟の街は戦後見た大阪
藤岡豊子（奈良市）

侵略のロシアの地でも／反戦の／デモ湧きあがる22年春
ガリガリと反戦のビラ切っている槇村浩の青春の時季《とき》
藤原義一（高知市）

地図広げウクライナ探す　その国の大地と民に戦車せまれり

藤原慶子（宮崎市）

青空と黄金の小麦の旗かかげ「戦争ノー」と街角に立つ

鎮魂の祈りたち上がる島にゐて砲弾に泣く子をテレビに見る

古堅喜代子（沖縄・八重瀬町）

ウクライナの無念惨状を視るも辛し小国の苦難かつて琉球も

プーチン・ノーの世界の声は広がりて大きなデモに胸熱くする

古畑幸子（埼玉・川越市）

泣きながら幼児がひとり歩いてる　テレビよ消えるなこの子を守れ

ロシア国のウクライナへの侵攻に「死ぬのいやだ」と涙ぐむ少年

保谷富貴子（東京・西東京市）

豊作の柚子を並べてお福分け「ご自由にどうぞ」の札をつけ

世界中コロナ撲滅目差す中なぜ戦争に現を抜かす

前田妙子（茨城・取手市）

ウクライナ情勢受けてわが日本難民受け入れ今後どうする

敗戦後ピカソの鳩の絵皿買う二次大戦後荒廃の中
終戦後キエフに託せし浴衣・文《ふみ》日本から初との親書とゼッケン

松浦美智世（静岡市）

ロシア軍のウクライナ侵略に病むわれは怒りをもって『万葉集』に記す
ロシア軍の侵攻に抗いてウクライナの人々の戦う気概を共にしたし

松村誠一（大阪市）

プーチンもゼレンスキーももう止めよ犠牲になるは女性と子ども
頬裂けて怯える眼《まなこ》の児に母に何の罪ある攻撃止めよ

松山喜美代（長崎・佐世保市）

何もかも壊し平然メディアに立つプーチン知らぬか命の尊き
透き通るグジーの歌の憂い満ち「掌握」されしマリウポリ思う

三浦良子（神戸市）

隣国を根こそぎ破壊侵略すロシアの覇権この世のものか
刻々と犠牲は増えるウクライナ瓦礫の中にぬいぐるみ見ゆ

水永正継（宮崎・門川町）

ミサイルを公然と撃つプーチンは幼き子らの未来を奪う
戦争を知らぬ私ら　今の世でウクライナではこれぞ戦争

水野信枝（岐阜・各務原市）

この昼を「人間を返せ」を朗読す青と黄色の服をわが着て
父と別れ母とはぐれし幼ならむ人の流れに独りさからひて

宮坂和子（埼玉・入間市）

プーチンへの反戦デモ隊逮捕とぞ特高警察思う日本の戦前
幼抱く母親地下の製鉄所より出できし姿涙止まらず

宮地さか枝（埼玉・川口市）

戦争をテレビで見れる今を生く戦車行く野はひまわり咲かず
惨状を映す画面はマリウポリ銃撃の音止《や》めてと叫ぶ

宮軒瑛子（京都市）

ウクライナ支援バザーに幼子は「ばあばの服も持って行ってね」
プーチンよ復活祭に何思うキリスト教の教えはいかに

宮本アケミ（長崎・佐世保市）

風あれどゆらぎもせずに真っ直ぐに天へと登る煙一筋
半べその小さな拳が父を打つ幼子の姿ウクライナ国境に
宮本アツ子（静岡市）

爆撃で尊き生命失われ一刻も早く停戦望む
戦闘を阻止する手立て模索する反戦平和を世界のうねりに
三好正治（京都市）

春を待つ心膨らむ時期なるをコロナ禍さらに「ウクライナ」とは
ゲームでもSFでもなし残虐なウクライナ攻撃言葉を失う
向山潔（大阪・泉佐野市）

息子《こ》を案ず「ダニー・ボーイ」にウクライナの母らを想い涙のにじむ
軽々に「核抑止力」論じいる　ヒロシマ・ナガサキ忘れしごとく
村岡邦三（群馬・前橋市）

ウクライナの侵攻ニュースに手を止める戦争しらぬヘルパーさんが
空襲のサイレン響くウクライナ九条守ると力をいれる
村田峰子（三重・松阪市）

泣きながら避難してゆく幼子に五歳の吾のヒロシマ重なる
村山季美枝（文京区）

戦後より平和を守る「憲法九条《きゆうじよう》」もロシアの暴挙に揺らぐこの頃

小雨降る古都の御空《みそら》にとどろけと撞木《しゆもく》持つ手に新玉《あらたま》の年
森悦美（東京・多摩市）

戦火より異国に逃れ民哀し今ふたたびの帝国の嵐

戦場に父送るウクライナの母子にて／まざまざと想う父の出征
森川玉江（東京・東久留米市）

吾もまた愛車の籠にＮＯＷＡＲのステッカー貼りて街中を漕ぐ

あの時に撃たれてゐたらウクライナの道に転がる死体のひとつ（一九四五年）
森山晴美（東京・八王子市）

列なしてピンポイントに炎上する戦車の中にも生身の人あり（二〇二二年）

泪溜め吐き出すように男の子「戦争は嫌い」と避難の道を
矢島勇（埼玉・所沢市）

核保有誇るごとくプーチンは脅しをかけてナチの道歩む

父親と離れたがらず泣きじゃくる児に雪の舞う北緯五十度

人気なき街に警報鳴りひびく自転車を引く老人と犬

弥田利枝（東京・八王子市）

泣きじゃくり幼がひとり列を追う砲火のなかを逃れる人等

ウクライナの慟哭やまずまやかしの核抑止力　核はいらざり

山内ヒロ子（鹿児島・霧島市）

延々とひまわり続くウクライナ　ソフィアローレンの老いし顔顕つ

山内義廣（岩手・岩泉町）

Z旗も卐の旗も良く似てるプーチンロシアとナチスヒトラー

避難急《せ》くウクライナの母子息絶えて投げ出されおりスーツケースも（人道回廊にて）

アメリカとロシアの代理戦争の犠牲となりしウクライナ人《びと》よ

山本晶子（高知市）

戦争は起こってしまったロシア進軍ウクライナの惨テレビは映す

国連の弱さよ即刻停戦への力も持ち得ず見守るばかり

柚木まつ枝（東京・あきる野市）

筆太に「真実」と書く日の有りし今こそ届けロシアの空に
末っ娘もコロナ禍のなか古希迎う姉妹四人の宴は何時に
横倉一惠（群馬・前橋市）

ウクライナの焼け跡泣きて歩く子よ七十七年前のわれに重なる
穏やかな日常奪い家焼かる人苦しめる戦争はだめ
横溝和子（横浜市）

治りそうな負傷ばかりが映されて横たわる人にぼかしのかかる
命捨てて自由を護るは正しきか　崩れたビルの鉄芯が立つ
吉川宏志（京都市）

ウクライナは遠いけれど声上げよう戦火に追われる子らを想いて
コンパスで円を描くごと丸くなれウクライナめぐるロシア・アメリカ
吉田良子（大阪・吹田市）

飛行場の空爆受けしウクライナ　真黒き煙に汚さる地球
日本もロシアと同じき侵攻の過去ありロシアの結末いかに
米山恵美子（長野・松川町）

ライ麦の畑に春を謳ひしがZ戦車を撃つと出で征く　若月昭宏（新潟市）

髭面と禿の男が家を焼く　核シェルターの子らに太陽《ひかり》を

拡散せよ平和の祈り世界中絵本『てぶくろ』に想いをのせて　脇坂由美子（京都・宇治市）

凍てる朝かがやく稜線ながめつつ亡夫と歩きし時よふたたび

余所事と思ふな戦禍のウクライナ願ひつつ植ゑる二色のパンジー　渡辺和美（岡山市）

ああやあと爪立ちの稚《やや》が振り向いて静かな老いの居間の明るむ

国連で孤立し戦につき進みしかつての日本に重なりロシア　渡辺静子（北海道・芦別市）

物言えぬ体制つくり戦争へ　かつての日本も今のロシアも

土屋文明「かなしき」と詠みし伊藤千代子本になり劇になり映画となりぬ九十年経て　渡辺幹衛（新潟・妙高市）

ブチャ虐殺土牛の「吉野」を「ゲルニカ」に掛け替えし四月八日ピカソ忌

第7章

語り継ぎゆく記憶

戦争体験・戦後体験

【第7章　語り継ぎゆく記憶】（一五五人）

まなうらにまだくっきり三月十日のありて戦よあるなこの先も　秋田清（江戸川区）

〈令〉の字に命の字浮かぶ我八十路〈和〉の字に強く平を重ねん

あと幾度《たび》被爆体験語れるや夫は片肺の身をかばいつつ　秋山千惠子（奈良市）

うたごえでメーデーに参加親子三人《みたり》「心つなごう」と「インタナショナル」

人殺しをして殺人者という　万民を戮して人殺しとは呼ばず　英雄と言わしむるか　汝を　荒尾寿味雄（熊本・宇城市）

戦禍を憤りて為す　武器供与　公然たる核威嚇　二十一世紀既に二十余年　人類の浅知恵

雑音の多き玉音放送に突如号泣せし父を忘れず　家正子（石川・金沢市）

干涸びし絵具のこれるパレットは君征しき日のまま無言にてあり

吾を背負い引揚げし時をとつとつと語る姉米寿　池上典子（東京・日野市）

逝きし人へのみやげ話に地球は美しいと言えるよう生きる

「父ちゃんも戦死であればカネが出た」つぶやく母に「言わないで!!」と兄
もう二度と戦争する国つくるなとみまかる時まで言い続けた母
池上洋通（東京・日野市）

炎のなか父に手ひかれ逃げまどう東京大空襲二時間半で一〇万人の死が
ミサイルの爆撃つづくマリウポリ母子らの命明日をも知れず
井坂好江（茨城・水戸市）

戦死した父の「軍事郵便」抱きしめて九条守れと孫らに語る
ウクライナへの爆撃止めよ我が一首緊急集会に掲げて並ぶ
石井好江（杉並区）

大切な人は何処《いずこ》か戦争の惨《むご》さよ二度と繰り返すまじ
弟の健康管理を生き甲斐に卒寿よりの日々何時しか十歳《ととせ》
石原千鶴（千葉・南房総市）

ウクライナの戦争つたえるテレビ見てB29の空襲おもい出す
人の世の混乱をよそに老木の桜は今年も花を咲かせる
伊瀬谷征子（大阪・守口市）

二度までも空襲に家焼かれし義母平和への決意我は引き継ぐ　一柳好江（岐阜市）
原爆のパネル展示の岐阜駅に孫らと語る戦争と平和

引揚時棄民のわれら流浪の民同胞死にき飢餓にコレラに　伊藤恭子（新潟市）
生き延びて八十路を越えて思うこと世界中の難民たちのこと

父語る二度の出征母語る兄の戦死と空襲の日々　伊藤茂子（板橋区）
戦争を生き延び我等五人の子育ててくれし父と母なり

開拓の意気に燃えとび立った姉二十歳何処におわす姉に白寿の寿ぎを　伊藤繁子（千葉・佐倉市）
災害へ避難訓練と知りながら戦禍さ迷った防空頭巾

少年の夢大空にと我もまた厳しき訓練に堪えしを思う　井上忠章（大阪・枚方市）
敗戦と知りて自ら命断ちし特攻隊のあわれ若人

葫蘆島《ころとう》が引き揚げ港とぞ地図指して息《こ》らに伝える我の生い立ち
今岡紀子（岐阜市）

コロナ禍の終息願いて打ち上げる花火師の意気　無観客なれど
今川素美（京都市）

征く夜に書きしか父は日記帳に不揃いな文字残して還らず
戦死せし父の軍帽をこの夏も虫干し済ませまた仕舞いおり
入江洋子（北九州市）

終戦より七、八年は経ちし頃家族を捜す帰還兵ありき
原爆の火を星野の里にともしつつ平和の祈り絶ゆることなし
岩本禎子（大阪・寝屋川市）

「あんたを背負い防空壕に逃げました」吾を護りくれし母を今おもう
ウクライナの幼のいのち奪うなかれ　私は庭にマリーゴールドを植える
上田迪子（長崎・南島原市）

戦をば語りたがらず逝き給う母の苦難のいまさら沁みて
ウォーキング兼ねて反戦ビラ配る一石二鳥ねと夫《つま》と語りて

辛すぎて記せず語れずと「満蒙」の友はいまだに口閉じしまま
ムンクの絵の「叫び」の口して祖父言いし「バカな戦争はじめたものだ」
梅重子（東京・清瀬市）

ワァ！母ちゃんが死ぬ壕をとび出す弟を母は抱きしめる掃射の中で
方言さえ統制されし幼き日軍靴のひびき又よみがえる
江﨑洋子（熊本市）

恐ろしや我に向かいて低空機　防空壕でない家に入る
テロップに今日の死者数流れいる一時間毎二人死ぬ数
大﨑洋子（千葉・八千代市）

満蒙開拓青少年義勇隊の遺歌集は'22秋には必ず出します
あの日より七十七年九歳も父の歳超えこの命あり
大澤博明（愛媛・今治市）

ウクライナへ侵攻のさまわが受けし空襲の日が胸痛く顕つ
戦争をしない憲法守らねばまだまだ米寿と言ってはおれず
大杉香代子（三重・津市）

敵基地の敵とは誰の敵なるや先の戦の総括もせぬまま
忘れしか隣国奪わんとせし過去に抗う民を敵と呼びしを

大野哲朗（滋賀・高島市）

赤子背負いて米の買い出し十歳だったな戦のない世夢にしないよ
マラリア、コロナに科学も待ったをああ地球の悲鳴きこえます

大野道子（滋賀・高島市）

卒寿越え戦争語る義父の眼はかつての日々をしかと見ており
戦争はこのようにして始まると教えてくれたロシアの侵略

大谷光男（群馬・千代田町）

入隊の父体験を公表す平和な世界を子孫に継ぎぬ
戦中に命をかけて反戦を訴えし人尊き重み

大谷徳湖（群馬・千代田町）

土臭きしずくと闇と人いきれと防空壕に握る母の手
焼け焦げる街のがれ着く村の川「潜れ」と怒鳴りくれたる大人

岡田福（大阪・守口市）

「お水ほしい」と弟の声は朝に消ゆ凍る朝鮮の引き揚げの宿
炎迫る道を父母追い行きし引き揚げの日よ涙枯らして

岡村照子（横浜市）

母爆死七人の子が焼け跡をねぐら求めて父と歩きぬ
戦争に敗れしあとで大人らはだまされていたと目を伏せていう

奥田史郎（東京・府中市）

君と聴く戦争体験語る会空襲・抑留・日常の死
白杖の人導きて帰る道「護憲」「改憲」意見相違す

小崎敦（茨城・水戸市）

興安嶺間近に迫るこの土に眠れる友よこの酒を飲め
満蒙の土は吸いたり友の屍を捨てしは此処と酒ふるまえば

尾上正一（愛媛・松山市・故人）

夢の中逃げまどいいて汗みどろ消ゆることなき阿波の空襲
戦争をしない憲法もつ国が〈迎撃兵器〉設備するとや

小原喜代子（徳島・藍住町）

十五年戦争時代を生きて来し我の責なり「憲法守る」
焼夷弾落とすグラマン我の上を過ぎてたちまち街が火を吹く

小原俊幸（鹿児島・いちき串木野市）

丸眼鏡軍服姿の父遺影小さな額に四十二歳で
泣き叫ぶウクライナの子それはまた脳裏離れぬあの日の吾よ

片岡淑子（岡山・倉敷市）

戦死した息子が帰るは戸袋まで　祖母の見し夢そこで醒めぬと
電球に集まる蝶も蛾も打たず祖母は戦死の息子と言いて

加藤規江（愛知・瀬戸市）

迎撃という参戦をはじめたる日こそ忌日として花ふぶき
あたらしき慰霊碑立てりこの海に死ななくたってよかったいのち

加藤英彦（東京・国分寺市）

「暑いねぇ」と幼い姉妹が空仰ぎ一瞬の光に消えた広島
戦場の修羅を知らずに喜寿となるこの幸続け孫・ひ孫にも

加藤文裕（横浜市）

引揚時栄養不良の我を診てよくぞ生きたと医者告げしとう
「禁じられた遊び」の映画の冒頭を観るや「ウォンウォン」泣きじゃくりし母
加藤正枝（岩手・盛岡市）

艦載機《グラマン》の機銃掃射に西洋人初めて見しよ撃ちつつ笑ひし（十二歳の時）
笑ひつつ少女を撃ちしかの兵士その手に子を抱き育てしならむ　いかに老いるや戦ひは亦
神谷佳子（京都市）

福島の惨事忘れぬ天災の想定外は常に有りうる
敗戦後物は乏しく賞品で貰ったすずり焼き物作り
亀﨑晴美（岐阜・笠松町）

東京大空襲の記憶まざまざともつ友が語気強めおりロシアの蛮行に
左手切断のウクライナ少女思いいて片足の鳩に出会うただ胸痛し
亀山弘子（練馬区）

何人も侵略戦争止められず核抑止力の無力知らさる
祖父母、父母戦禍の苦悩癒えぬまま心にしまい逝きてしまいぬ
鴨志田恵利乃（茨城・日立市）

桜だより載り始めたる朝刊を戦争記事が連日覆う
日本語の意味をなぞりて老いわれら英会話教室に歌う「イマジン」

河村恵（岐阜・大垣市）

カメラなど無き戦時下に励みたる勤労動員のわが写真なし
不戦の誓ひを胸に八十年老いて今も思ふ空襲の惨

木下孝一（葛飾区）

逝きし父をあんちゃんと呼ぶ叔母ありて戦後貧しく暮らせし二人
陽の沈むチグリス川に船を泊めナツメヤシ売る子らが乗り来し

久我謙二（福岡・那珂川市）

ウクライナの戦禍に戦くこの日頃願うはひとつ早き停戦
筆まめな母の日記の終戦日「今日は眠れる」と一行のあり

久保親二（板橋区）

樺太を母に連れられ逃れ来し忘れはしない戦火の八月
仙台が県内になり孫不満コロナを避けた修学旅行

熊谷博子（岩手・盛岡市）

指文字でレ・イ・ワと差せばだんだんに花咲く形幸あれ「令和」
ハイセンノ　ヨクトシノハル　一ネンセイ　キョウカショモ　ランドセルモ　ナカッタ
久米武郎（福奈川・横須賀市）

兵たりし父死してより二十年千人針あり遺品の中に
断捨離や遮二無二書籍捨てたるも平和の数冊書架に戻せり
倉持光好（さいたま市）

戦争の非を子に孫に説く老いの胸に揺るがぬ九条魂
復唱セヨ「ミゴト散リマショ国ノタメ」九ジョウツヒニ葬リタルゾ
栗山稔康（神奈川・小田原市）

空襲で逃げ惑いたる学童期神風吹かず壊さる祖国
改憲を唱う人等は子や孫を戦場に出す覚悟ありしや
黒崎美芳（埼玉・久喜市）

魚雷受け海の藻屑となりし兄軽石のごと漂い来ぬか
砂浜のマットの上ゆく車椅子ちかづき難き海が近づく
小池榮（千葉市）

渡嘉敷の海は碧にすみわたる母に尋ねた大戦のこと
野良猫は文句あるかと日溜まりを毛繕いの定位置とし
合田遙（愛媛・松山市）
新緑の高速道路を乗り継いで折紙の兜を曽孫に届ける
神主の祖父に付添い神社にて出征兵士の祈願手伝う
小暮功（群馬・伊勢崎市）
侵略ノー市民の集いの昂りに七首を詠みて朗読したり
合同歌集『戦禍の記憶』刊行す黄表紙の題字やや《》に掠れる
小平孝常（愛知・瀬戸市）
火の海を夜通し逃げた下町の三月十日五歳のわたし
焼夷弾真昼のごとき火の街を母と逃れし東京大空襲
後藤節子（群馬・高山村）
大地震の揺れに掴みし街路樹の肌温かりき十年を刻む
戦時下に油まみれの少年工直立不動に亡父《ちち》と写れり
小林功（横浜市）

一分の黙祷終へて目を開けば御霊も嘆く改憲の道
この敵討てと御霊は叫ぶかや不戦を誓へと必ずや言ふ

小林恒夫（長野・駒ヶ根市）

幼き日受けし空爆思ひ出づウクライナの子らに心の傷む
人の世の戦の苦難民の上《へ》に為政者のおごり許さぬ声を

近藤純子（茨城・水戸市）

崩れゆく東欧の国の街並みをニュースで見る三月十日は祖父母の命日
戦世を知る人がまたいなくなる思い引き継ぎ我ら伝えん

今野恵子（仙台市）

学生の雨の行進涙して画面見つめし祖父の姿よ
子を抱く母の眼差し胸を衝く立ち去り難くしばし佇む（「赤旗」写真ニュース）

今野裕子（宮城・名取市）

二十三の母は戦地へ夫送り石くれ畑に粟きび耕す
妻と子の写真を父は離さずに思い封じて戦地にありき

酒井千代野（名古屋市）

昔より今がいいねと言う孫の未来に絶対戦争あるな
戦争はわが父奪い九条は母の残した希望の教え
崎間洋美（東京・立川市）

母の背に生れて二十日の妹は眠りていたり父の征く朝
戦死者の慰霊に集う家族らにホタル乱舞すラバウルの夜
佐野暎子（高知市）

マウリポリの幼き子らは逝きにけりこの世の太陽の光も浴びず
焼夷弾の火の手のがれし神社にて身体震わせて待つ敵機の去るを
澤田敏子（東京・東久留米市）

まぬがれし防空壕の古伊万里のその群青に里芋を盛る
由比ヶ浜に拾いし貝の紫は母の着物の矢がすりの色
渋谷寿美子（横浜市）

軍服の遺影に顔を知るのみの「へいたいおじちゃん」海に果てにき
母の世の身内の戦死も引揚げもわれの世になし九条ありて
下村すみよ（埼玉・深谷市）

十七の誕生日に死すわが兄の最後を知りたく予科練の地に
前途ある若者駆り立て死なしめし軍国主義の足音またも

白石亜弥子（群馬・前橋市）

迎へ火に戻らぬ魂《たま》や塹壕に息詰めしまま今日も横たふ
骨のなき兵の墓標よ向日葵は黒みつつ立つ群れを乱さず

菅原誠（山形・鶴岡市）

その名覚えよろこびおりしが早や二つ忘れて口惜し春の七草
「少国民」「ジュウゴ」の「ガマン」も忘れざり反戦平和を生きてしやまん

杉原恭三（岐阜・大垣市）

わが祖父の乗る岩手丸沈みたるラバウル湾にわれは来て立つ
ラバウルに土を耕し終戦を迎えたる祖父語らずに逝く

鈴木ひろ子（千葉市）

遺骨なき墓に刻みし叔父の戦死《し》の二十八歳を幾度もなぞる
戦せぬ七十余年を歴史《し》に刻む憲法九条は吾らの誇り

須藤淑子（大阪・吹田市）

朝ドラのヒロインのごとわが伯母の新婚の夫《つま》征《ゆ》きて帰らず
戦争を知らぬ子どもも祖母となり改憲の風マジに恐れぬ

須藤ゆう子（京都・宇治市）

ロシア語で「侵略やめよ」抗議書くカチューシャ好きの八十路の吾は
四歳の吾の記憶に残る炎《ひ》は北の夜空の松山空襲

澄田恭一（愛媛・大洲市）

暗雲の奔る玄海浪騒ぎ慟哭するか日中不再戦碑は

関家敏正（佐賀市）

年ごとに豪雨はつのり此の夏も水没したりわが住む街は
校門をはいって御真影に頭下げ今日の授業は藁ぞうり作り
さいかちのさやを拾って泡立てて髪を洗った十三の秋

相馬里子（東京・狛江市）

異国の戦知りつつ一先づは桜見に行く日本に住み
幼女吾を抱きし若者　軍服の写真に父と知るのみの日々

髙木容子（熊本・八代市）

夏雲の白き領土を翼にて切り裂き掠める戦闘機鋭き　高出紘子（石川・輪島市）
小春日に唯穏やかに陽を浴びて逝きし命の魂を抱く

その昔飛行機戦車軍艦絵の国債証書絶対発行させてはならぬ　髙橋和夫（岩手・盛岡市）
未来ある子孫曾孫若者を兵隊にして死なせてならぬ

ミサイルに壊されてゆく美しき島基地担わせて何の平和ぞ　高橋三枝子（北海道・旭川市）
古里の土となりたる友ふたり悲しき声にわれを呼ぶ夜半

敗戦の二年前に生まれたる同級生に母子家庭多かりし　武田俊郎（大阪・枚方市）
二十歳で寡婦となりたる同級の親は卒寿で子を失えり

沖縄で戦死した叔父最後の別れに来た姿幼き頃の吾が胸に今も　田中彰子（茨城・取手市）
核兵器禁止条約発効を喜びながら日本を憂う

田中礼（京都・八幡市・故人）

「人道の敵」とて打ち込むロケット弾、無辜《むこ》の住民の屍《かばね》累々

「Jアラート」まさしく「空襲警報」だ。壕に潜んだかの日の記憶

田中房子（練馬区）

負の歴史なかった事にしようとす「連行」を「動員」に変えし教科書

駅頭に「ウクライナ侵略停止せよ」青と黄色のビラ配りおり

田上悦子（高知市）

沈黙のストに静もるヤンゴンを映し出したり二月一日

十年余支援続けしチン州の村は日常奪われしまま

田村広志（千葉・東金市）

戦争は廊下の奥に立っていた時代ふたたびコロナ禍まぎれに

*渡邊白泉

初から同じ列には並んでいない父親戦死の養われっ子は

塚詔子（千葉・鎌ケ谷市）

友の母二度目の夫は義弟なり五人の子を生み享年九十七

幼児よかわいい顔にマスク着け足元見えるか友の顔どう?

あたらしい憲法のはなし

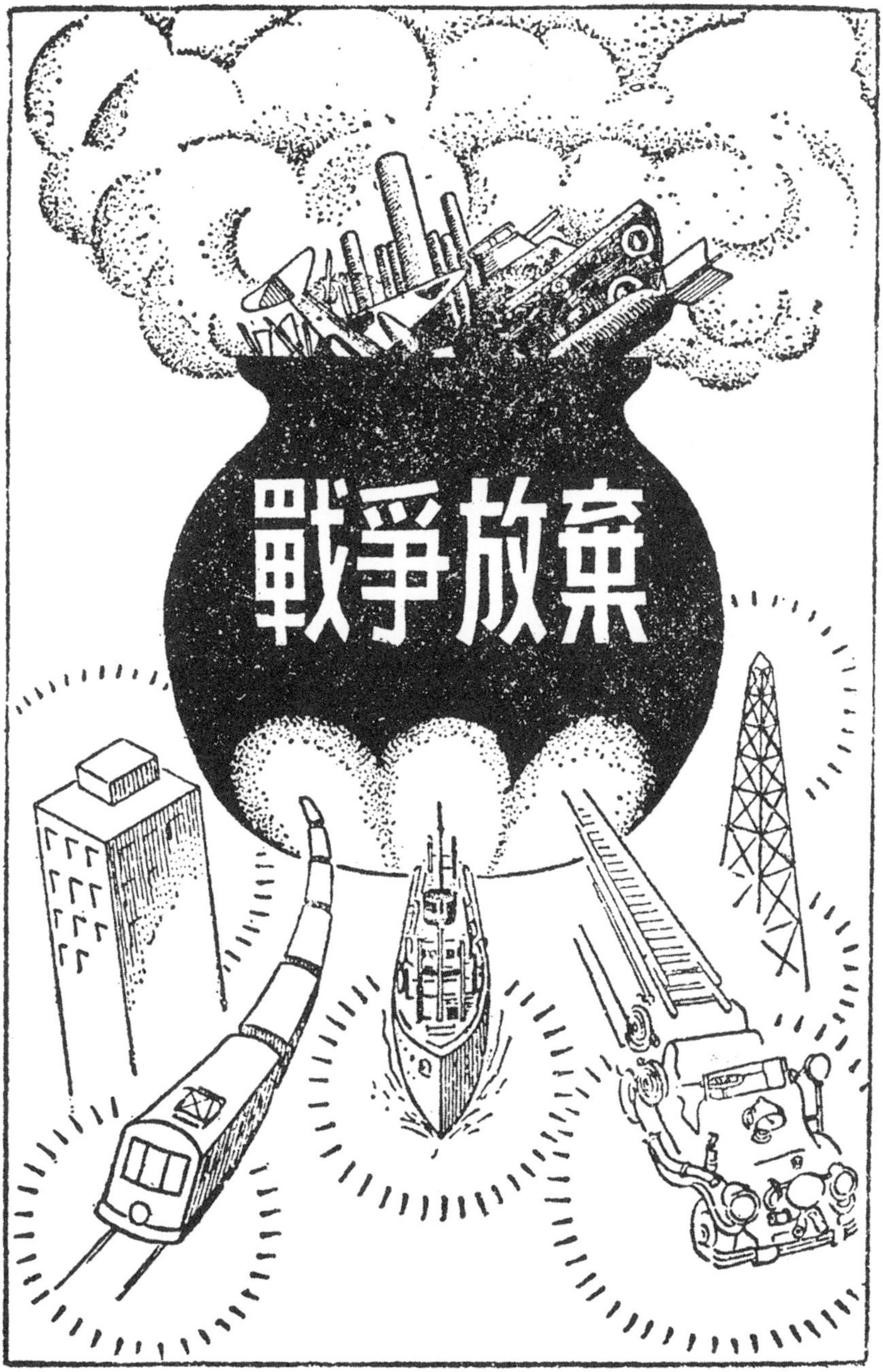

「あたらしい憲法のはなし」は日本国憲法が公布されて１０か月後の、昭和２２年８月に文部省が発行し全国の中学生が１年生の教科書として学習したもので多くの国民にも深い感動を呼びました。しかし昭和２５年（1950）朝鮮戦争を機に警察予備隊→自衛隊の創設に伴い２～３年の使用だけで文部省自身が偏向教科書第１号として葬ってしまいました。

哭くような終戦詔勅聞き乍ら桑の実食みしあの夏の日よ
戦争に勝者はない!!きっぱりと言い切る住職皺増えた顔
辻井康祐（大阪・吹田市）
片足は白き包帯にくるまれて夫の遺体の戻り来たれり
水無月の雨に打たれて白さゆる庭一面のどくだみの花
坪井敏子（福岡・苅田町）
漂える機雷まぢかを擦り抜けて引揚船は日本に向かう（五歳の記憶）
毀たれしゼロ戦の翼貨車に積まれ風にかすかに揺らぎいし祖国
寺田國男（京都市）
歩を止めて核廃絶の署名終え腕組みて行く女子高生二人
若者を密告するを耐え忍ぶ亡父の苦悩日記にあまた
照井時彦（岩手・盛岡市）
いくさなき世に生《あ》れたれば死なざりし子を抱き泣き崩れたる母は
あまたなる鳥撃たれ散らばる羽か空を覆ひてさくら吹雪けり
土居光也（愛媛・松山市）

逃げ惑い一夜明かした隅田川亡夫語りし三月十日
弾痕の残るトランク捨て難く夫亡き後も語り部として

百海《どうかい》あさ子（名古屋市）

軍馬と呼ばるる馬ゐて多くの兵士らと斃れて還らざりにき罪なきものを
馬の蹄を洗ひやる夢も見しとふ一兵なりし宮柊二を想ふ

杜澤光一郎（さいたま市　故人）

空襲下背に吾をくくり走る母荒川の土手に生きのびし夜
宛先はロシア大使館私にもいまできること抗議のハガキ

富山好子（群馬・前橋市）

幼友正子ちゃん広島爆心地日赤にて骨一つ残さず消えた
広島の慰霊碑「過ちは繰返しませぬ」被爆者平均年齢八十五歳

鳥居志乃富（埼玉・川口市）

国立《くにたち》の大学通りの花かげに学徒兵に果てし君がたたずむ
たたかひは勝つと信じし十五歳ゼロ戦の部品うち抜きし日よ

中島央子（江戸川区）

老母の手を曳き曳き登り戦没の父の墓前に反戦誓う
工場のサイレン鳴る毎老父の顔「空襲警報」と恐怖にゆがむ

中島紀一朗（滋賀・東近江市）

裸婦像に出征学徒は青春のたぎりを刻みもどる事なし
たおやかな裸身えがきし出征学徒も手は殺りくの血に染まりしか

中島とし子（横浜市）

東京の本郷に生まれ大空襲嬰児のわれを背負いて逃げしと
空襲時逃げしばあちゃんヤカンのみ持ちて出たると今は思い出

中島通子（三重・松阪市）

焼野原となりしウクライナ戦争はあまりに残酷かつての日本も
ウクライナの子等と重なる幼き日行き先不明の無蓋車に乗る

永田二三子（京都・宇治市）

生涯に二度の戦は許すまじ改憲反対の署名を急ぐ
イマジンよ津々浦々に鳴り響けわれらが地球共に守らん

中田美佐子（茨城・古河市）

散り敷きて空見上げたるやぶ椿　ウクライナの母　若者　こども
戦場へ行くつり鐘を見送りに寄りし村人セピアの写真

中出佐和子（石川・七尾市）

暖かき血潮の満つる命にあらば何故にその手に銃を握りし
戦争に反対してと少年が叫ぶ声の聞こゆる難民キャンプ

中出玉枝（札幌市）

九歳の強制疎開で埼玉に歌を友とし米寿迎へむ
鯨尺和裁で衣装手づくりし日舞のけいこ慰問にはげまむ

成塚伸子（埼玉・北本市）

遺骨なき特攻の墓／叔父の墓／陽光桜のビール酌み交う
蟻なのに蟻の行列踏み散らす／辺野古に座るわれらの脚も

野﨑弘子（千葉・野田市）

香川を焼き徳島焼きて四日未明編隊飛来す高知空襲
オリンピックもコロナもあらず手術室に真夜ヒタヒタと看護師動く

野村丞子（高知市）

父もなく家食料もなかった日戦後生き抜き少女時代の
憲法に励まされつつ議員つとめ働きたたかいし　今も仲間と
野村容子（岐阜市）

背負われて登る山道街赤し四歳私の戦火の記憶
生涯に初めて休む講演を娘の愛がつないでくれた
橋本幸子（豊島区）

被爆者の秘めしトラウマ演じきる最後の舞台「父と暮らせば」
戦争で命奪はれし父ありて平和説く君今ここにあれよ
長谷川早苗（静岡市）

アメリカ兵パラシュートで落下するのを村民助け両親歓喜
B29爆音に爺は田鋤く馬の手綱放してすっとびぬ
波多野重雄（東京・八王子市）

集まればよく歌ったぞ「平和歌集」のロシア民謡青春のころ
悪戯だったのか機銃掃射が直ぐ脇で砂煙を上げた小一の夏
服部昌司（川崎市）

南方で兄を亡くせし八十八歳「戦はだめし」と太字の署名
「ゲルニカ」の死者の呻きが甦るマリウポリ市に幾万の悲鳴

塙喜一郎（山梨・北杜市）

志願兵とふ勇気ある父なれど戦ひしこと決して触れず
午後八時帰りし夫が玄関の明かり消すよと鮒に言ってる

塙直美（茨城・鹿嶋市）

父のあと追いかけ泣いた峠みち白木の箱でかえり来た日も
赤茶けた葉書きにのこる父のもじタンスのすみに今も残れり

馬場由子（大阪・寝屋川市）

日米開戦　勝ってほしいと記す日誌「必勝」と何故書けぬと職員室前に二時間
神武東征　金鵄が間近　まぶしからずや大王は神　まぶしからず　殴打の国史教育

浜田博生（奈良市）

ムトア婚するしか術なき難民の母の傍《かたえ》に幼子ふたり
戦場の狂気に拘り己が罪問い続けいる老人愛し

林節子（大阪・寝屋川市）

シベリアの苦難の記録読み終えて話したかりし今は亡き義父
窓辺より子どもを捨つる母もあり引き揚げ語る義母を忘れじ

林英孝（石川・金沢市）

「お父さん、会いたかったョ」と叫べども七十余年声は返らず
戦後の世われに貼られしレッテルは「戦没者遺児」口惜しく哀し

林万佐子（千葉・我孫子市）

通学路親は総出で除雪した戦争《いくさ》終わって教育だいじと
うたごえのリクエスト多き「長崎の鐘」予科練あれば我は唄わず

林義明（滋賀・東近江市）

水漬き草むす屍奇麗事並べし参拝公人を呪ふ
棄民して遁ずら大使館員安全安心は幻なり

林木愚暗（埼玉・飯能市）

児等に詫ぶる校長在りき敗戦のあの日「われ教育を誤り来たり」と
軍国の教育詫びし校長の声を背に負いわが八十年

樋口麦子（新潟・上越市）

早朝のラジオ「戦闘状態に入れり」八歳のわれ意味はわからず
一九四五年八月十五日軍国少女われに昼のラジオは
日野きく（東京・多摩市）

急降下アメリカ兵士の顔を見し明石空襲六歳の記憶
高らかに憲法九条唱和せし新制中学社会科授業
平野萬里子（神戸市）

木の枝に縊られ死せる同胞の無念響かすビリー・ホリデイ
名曲の「奇妙な果実」切々とビリーの歌声　魂揺する
福田かじ郎（奈良市）

ラジオから「海行かば」が流れくるアッツ玉砕　いまもわすれず
不平等性が指摘されると辞書にあり六十年前の「地位協定」は
福原すえ（広島市）

税金も兵隊さんも「取られる」と庶民感覚健やかなりし
戦争と平和の音を聴き分ける国民学校同級生は
藤井利一（徳島・牟岐町）

手榴弾をころくろで作りしと備前の陶工声くぐもらす
梅咲く日戦始まり散る今もウクライナの地戦火にあえぐ

藤原多美子（山口市）

心優しき懐メロ多くは戦中に作られしもの「戦争」とは何
終戦の日に殺されし叔父あれば「義勇軍」の映像みるに忍びず

松下とし子（長野・泰阜村）

味噌汁の具揚げおかずに藷飯の弁当持ちて国民学校に
唯一の被爆日本が批准せぬ核禁条約発効を祝す

松村武温（滋賀・米原市）

志願兵を自負した父は孫たちに「惨めな青春だった」と語る
家族の住むマンション爆破戦争はロボットの仕業かいや人間がしてる

三原光子（石川・七尾市）

十五年戦争とかやジュウロクの七十年後は呆け出しをり
神仏も呆れ果てたる此の御じん妖怪きどり認知症めく

三好あきを（埼玉・北本市）

停車場であまたの兵をばんざいで見送りし傷いまだに消えず
武藤富美（福岡・篠栗町）

平和こそ詫びることなく灯《ひ》を掲げ生きたと言いたし吾がひと世を
紫あかね（東京・府中市）

真珠湾攻撃80年　生還した軍医の潮で変色した帽章
力による現状変更されっぱなしの沖縄に憲法はないのか

参政権得し母と講堂に党候補者の話・ききしもはるか
冷え増さる夜の講堂かたわらの握りくれたる母の手温し
茂木妙子（練馬区）

平和をねがい餓島に死にし兄よきけ　ＰＫＯ反対のシュプレヒコール
車窓より「またね」と言いし亡兄の笑顔が今日もわれを励ます
本村春海（浜松市）

わが父は軍人恩給拒否したり己れの意志を貫きて逝く
戦場を語らず逝きし父の意思を地方裁にて我は陳述
森和惠（群馬・前橋市）

ひもじさをカゴ一杯のつみ草で耐えし日々ありウクライナ思ふ
田の畦の枝豆盗《と》るかとどなられぬ小カゴに野草つみし幼日

諸久子（横浜市）

年毎に慰霊の丘に鯉のぼり掲げて来しにコロナでかなわず
「小桜の塔」につどいて鯉のぼり掲げつ歌う子等の歌声

山川敏江（沖縄・那覇市）

ゆったりと鴨の遊ぶを眺めつつ胸に重たきウクライナの惨
大波に揉まれもまれて引き揚げ船関門海峡を六歳の冬

山﨑マリ（高知市）

戦跡の広場いっぱいに園児らの影ふみごっこの影からみあう
いくたびと「火垂《ホタル》の墓」に咽《むせ》びしよ　反抗期の兄も亡き娘《こ》も我も

山﨑蓉子（千葉・市川市）

勝つまでは欲しがりませんと唱和して梅干し一つの弁当食せり
赤紙や千人針は死語なれど南方で戦死せし叔父は還らず

山下正子（滋賀・大津市）

「源《げん》ちゃー」と亡き弟を呼ぶ亡母《はは》の声一度だけ部屋に響けり（介護時）　山田富美子（群馬・渋川市）

弟は出兵・結核、秋田にて死にしと聞きし亡母《はは》の言葉に（二人姉弟）

地下壕に隠れし子等見て甦る八十年前の夜毎の空襲　倭三千子（茨城・古河市）

「憲法守れ」「子等を戦場に送るな」の旗掲げ六十五年生きて来ており

真実のあの日あの時を知りたいが庶民は知らず開戦終戦　山村八重子（練馬区）

憐憫を煽って煽って寄付募る仕込み済みなる闇を語らず

十一章百三条　傘寿迎えて読み復す幽かに遥けし玉音放送　弓田博（千葉・流山市）

生前に父はビルマを語らざりき「死の行軍」のドキュ番を見る

窮乏のわが母子家庭に甘藷《イモ》アメを持ってきてくれし徴用工の人たち（朝鮮人）　吉井逸子（神奈川・厚木市）

米兵にもて遊ばれし「パンパン」も同窓の友いまも基地の町

「日本は神の国」とぞ教えたる教師の声をいまだ忘れず
戦艦を沈めて作りし埠頭といふ釣り人多し平和守らな

吉田信雄（福島・いわき市）

兄姉の使い古しのランドセル背負《しょ》いたくなかった一年生の私
ロシア人に語りかけたい私達も何も知らされずに戦争してたと

吉村治子（北海道・小樽市）

「戦争は女の顔をしていない」記憶掘り出せ二千万余の死
敗戦時六歳だったと歌友言う砲火の記憶鮮やかなりしと

淀房子（熊本市）

富士川に沿って白線曳いて来る／B29は／ゆうゆうとして
昼ひなか東京の街やられるを／海・陸軍も何の策なし

米長保（横浜市）

令和日本の政治に似通ふ記述ありナチスのプロパガンダ史読めば
近き過去に日本も侵略国たりしことを思へロシアを非難するとき

渡辺幸一（イギリス）

あとがき

今回の『平和万葉集』（巻五）では、作品募集期日が当初より二カ月延期され、それに伴い刊行も遅れることとなりました。当初の締切り期日であった三月末を直前にした二月二十四日、ロシアによるウクライナ侵略戦争が始まったことによるものでした。

もともと募集開始時の応募要項には私たちを取り巻く問題として、「今世界中が等しく直面しているいのちの危機を、眼前に曝しているのはコロナウイルスだけではなく、止むことのない戦争、富にもジェンダーにも、肌の色の違い、ありとあらゆる差別があり、科学の非人道的な濫用と誤用として尽きません」と指摘し、それらへの思いを短歌作品として寄せてもらうことにありました。その問題意識の上に、突如降りかかったウクライナ戦争は、平和を希求する私たちにとって最大の関心事となりました。

戦争が始まり、連日テレビや新聞、ネットで、ロシア軍の爆撃により破壊され炎の燃え上がる建物の映像が繰り返し放映され、国境に向けて避難するウクライナの人々の表情までもが茶の間に伝えられ始めるや否や、作品応募に急激な変化が現れました。この戦争に関わる作品が多数寄せられるようになったのです。それまで作品応募数が、『平和万葉集』（巻四）の時より少な目に推移していた状況が一変する急激な変化でした。と同時に、この戦争をどう捉え、作品化するためには一定の猶予が欲しい、との要望が寄せられました。そこで急遽、今回の特別な情勢の変化を踏まえ、募集締め切りを五月末に改めることにし、「うた新聞」「現代短歌新聞」「しんぶん赤旗」などに締め切り日変更の広告を掲載し、改めて作品募集の取り組みを強めました。

それまでもこの作品募集活動の中心を担っていた新日本歌人協会の呼びかけ、また、主旨に賛同された多くの歌人や各界文化人の皆さんの大きな協力や、さらに新聞での広告をみての問い合わせも多数あり、最終的には一一二七名の方から作品が寄せられました。改めて各方面からのご支援、ご協力に感謝申し上げます。

編集上では、章立てとそれに合わせた作品分類で苦心しました。目次に示したように七つの章を立てたのですが、これは最初から決めていたわけではありません。寄せられた作品傾向から判断し、一定の分類分けした方が全体を鑑賞しやすいと考えてのものです。しかしこれは思った以上に難題でした。それというのも、多くの方からウクライナ戦争に関わる作品が寄せられ、一人二首の内一首でもウクライナ戦争を扱った人の作品を一つにまとめてしまうとその章だけで厖大になってしまうからでした。それでもウクライナ戦争を扱った第六章「ウクライナ侵攻―ひまわりを枯らすな」は二三五人と一番多くなっています。章の振り分けではそんな苦心もあったことを、ご理解頂ければと思います。

作品の校正作業の最中、安倍元首相の襲撃事件の報が飛び込んできました。印刷所である光陽メディアの一室での作品の校正中、昼近くに、スマホに目をやっていた一人から知らされました。亡くなったのを知ったのも校正作業中の夕方でした。こんな事件は絶対に許せないと憤りながら、一方、白昼堂々と実行された蛮行に、戦前の忌まわしい事件が軍部の強化となってやがて国土破壊の大戦に続いていった歴史を思い起こしました。その後の推移は、参議院選挙の結果や安倍元首相の死を国葬とする動きなどを見ると、改憲勢力は一気に改憲を発議し、国民投票を通じてその本命である九条改悪を果たし、戦争ができる国に向かおうとする強い意図を感じます。

その動きに対峙し、私たちは何を為すべきか、それが今一人ひとりに問われているように思います。それは一人ひとりの声は小さくとも平和な未来に向かって発すること、短歌を表現の方法として持ち、親しんでいる私たちにしてみれば、短歌作品を通じて多くの人に思いを伝え広げて行くことではないでしょうか。そのためにも、この『平和万葉集』（巻五）の作品から思いを共有し、多くの人に広げ、大きなうねりの一翼になることを願ってやみません。

『平和万葉集』の巻一は一九八六年に刊行され、続いて巻二が一九八九年、巻三が二〇〇〇年、巻四が二〇一六年五月と発行され続けてきました。この間、一貫して作品を寄せて下さっている方もいます。亡くなられた方がいる一方、刊行の都度、新しい方が加わり、今回も十七歳から百二歳の幅広いこの刊行事業が続いています。それらの人の共通の思いは平和で安心の日本の未来であって、『平和万葉集』がその思いを繋ぐ架け橋となればと切に願っています。

二〇二二年八月二十日

『平和万葉集』巻五刊行委員会

事務局長　清水　勝典

『平和万葉集』巻五刊行委員会

代　表　小石　雅夫

編集委員　永島　民男

加藤　文裕

小林加津美

清水　勝典

城間百合子

中山　洋子

藤田貴佐代

委　員　大津留公彦

金子りえ子

津田　道明

土谷ひろ子

松崎　重男

宮地さか枝

横井　妙子

『平和万葉集』巻五　刊行賛同者ご芳名

各分野からご支援いただいたかたがた（敬称略 50 音順）

阿木津　英（歌人）
秋村　　宏（詩人）
梓　　志乃（歌人）
飯田　史朗（俳人）
今井　正和（歌人）
入江　春行（与謝野晶子研究者）
内野　光子（歌人）
海老名香葉子（エッセイスト）
大辻　隆弘（歌人）
小木　　宏（歌人）
雁部　貞夫（歌人）
久保田　登（歌人）
桑原　正紀（歌人）
小森　陽一（東大教授・九条の会）
三枝　昻之（歌人）
早乙女勝元（作家）
沢口　芙美（歌人）
謝花　秀子（歌人）
田島　　一（作家）
玉城　洋子（歌人）
田村　広志（歌人）
遠役らく子（歌人）
杜澤光一郎（歌人）
中川佐和子（歌人）
中西　　進（万葉学者・奈良県立万葉文化館名誉館長）
名嘉真恵美子（歌人）
能島　龍三（作家）
橋本　俊明（歌人）
東　　直子（歌人）
久泉　迪雄（歌人）
疋田　和男（歌人）
日野　きく（歌人）
平山　公一（歌人）
平山　良明（歌人）
福島　泰樹（歌人）
福留フク子（歌人）
松平　　晃（トランペット奏者）
光本　恵子（歌人）
三原由起子（歌人）
望月たけし（俳人）
森本　　平（歌人）
山本　晶子（歌人）
湯川れい子（音楽評価・作詞家）
結城千賀子（歌人）
横山　岩男（歌人）

渡部佐枝子（愛媛県）　139
渡辺静子（北海道）　231
渡辺澄子（京都府）　76
渡辺久子（神奈川県）　76
渡辺久子（東京都）　76
渡部学（長野県）　52
渡辺幹衛（新潟県）　231
渡辺幹生（大分県）　139
渡辺悠美子（東京都）　139
和田山可扇（茨城県）　52
藁科加奈子（静岡県）　139
我等大地（千葉県）　77

写真提供

表紙カバー／創作七宝・小石京子
Ｐ　３７、九条の会
Ｐ　６７、しんぶん赤旗
Ｐ　９９、今井省三（東京・町田）
Ｐ１２３、東よね子（長崎）
Ｐ１５５、畑添玲子（福岡）
Ｐ１９３、しんぶん赤旗
Ｐ２０８、上　同
Ｐ２０８、下　市川秀夫（東京・羽村）
●写真提供には赤旗編集局、写真部の
格別な協力をいただきました。

宮森よし子（奈良県） 135
三好あきを（埼玉県） 262
三好正治（京都府） 227
三輪順子（大阪府） 135

ム

向山潔（大阪府） 227
武蔵和子（東京都） 174
武蔵野眞知（京都府） 49
武藤富美（福岡県） 263
村岡邦三（群馬県） 227
村上つや子（大阪府） 49
村上冨惠（大阪府） 105
村雲貴枝子（広島県） 74
紫あかね（東京都） 263
村田富美子（山口県） 49
村田峰子（三重県） 227
村山かつ江（鹿児島県） 105
村山季美枝（東京都） 228

メ

目賀和子（岡山県） 175

モ

茂木妙子（東京都） 263
望月和子（神奈川県） 175
本村春海（静岡県） 263
元村芙美子（福岡県） 135
森暁香（埼玉県） 175
森悦美（東京都） 228
森和惠（群馬県） 263
森川玉江（東京都） 228
森下志久（大阪府） 50
森田佳子（京都府） 136
森田ヤイ子（神奈川県） 136
森照美（東京都） 136
森鼻明子（京都府） 50
森本平（東京都） 105
森みずえ（千葉県） 136
森元輝彦（山口県） 136
森本直子（京都府） 137
森山晴美（東京都） 228
諸岡久美子（三重県） 175
諸久子（神奈川県） 264
門間徹子（東京都） 106

ヤ

矢木小夜子（京都府） 50
矢島綾子（東京都） 137
矢島勇（埼玉県） 228
安田恭子（千葉県） 74
安田久美子（東京都） 137
安武ひろ子（兵庫県） 50
安村迪子（大阪府） 175
弥田利枝（東京都） 229
柳澤順子（埼玉県） 106
八波美智子（鹿児島県） 75
山内ヒロ子（鹿児島県） 229
山内義廣（岩手県） 229
山縣佳子（岐阜県） 75
山上八枝子（大阪府） 106
山川敏江（沖縄県） 264
山口信子（東京都） 176
山口泰（兵庫県） 75
山口孝（茨城県） 137
山口智子（岡山県） 75
山﨑マリ（高知県） 264
山﨑みち代（東京都） 176
山崎侑子（埼玉県） 137
山﨑蓉子（千葉県） 264
山下千恵（茨城県） 176
山下利昭（広島県） 138
山下正子（滋賀県） 264
山田明美（岐阜県） 176
山田富美子（群馬県） 265
倭三千子（茨城県） 265
山野保子（愛媛県） 138
山村八重子（東京都） 265
山本晶子（高知県） 229
山本榮（大阪府） 50
山本司（北海道） 51
山本尚代（兵庫県） 51
山本まさみ（山口県） 106

ユ

結城千賀子（神奈川県） 51
行成さや子（大阪府） 106
柚木まつ枝（東京都） 229
湯田悦子（東京都） 176
湯野佐代子（岐阜県） 177
弓田博（千葉県） 265

ヨ

横井妙子（東京都） 75
横倉一惠（群馬県） 230
横田晃治（長野県） 177
横田祥子（埼玉県） 76
横溝和子（神奈川県） 230
横山岩男（栃木県） 107
横山敏郎（東京都） 51
横山季由（奈良県） 107
吉井逸子（神奈川県） 265
吉川節子（愛媛県） 177
吉川宏志（京都府） 230
吉柴伸子（埼玉県） 138
吉田一美（千葉県） 138
吉田澄子（愛知県） 138
吉田信雄（福島県） 266
吉田万里子（東京都） 177
吉田美智子（愛知県） 107
吉田光孝（神奈川県） 51
吉田陽子（茨城県） 178
吉田良子（大阪府） 230
吉田麟（青森県） 177
吉松千草（千葉県） 178
吉村治子（北海道） 266
吉村睦人（東京都） 52
吉本敏子（東京都） 52
余田たけ子（東京都） 178
淀房子（熊本県） 266
米澤武司（岐阜県） 107
米澤光人（長野県） 52
米長保（神奈川県） 266
米山恵美子（長野県） 230

ワ

若月昭宏（新潟県） 231
我妻ヨシ子（東京都） 107
脇坂由美子（京都府） 231
和田節子（大阪府） 178
和田哲子（東京都） 178
和田トメ（東京都） 76
和田玲子（岐阜県） 179
渡辺和美（岡山県） 231
渡辺幸一（イギリス） 266

疋田和男（長野県） 169
樋口あけみ（岐阜県） 221
樋口麦子（新潟県） 260
樋口福子（大阪府） 221
人見あい（島根県） 102
日野きく（東京都） 261
平井千恵子（東京都） 221
平田まり（兵庫県） 221
平野博子（神奈川県） 44
平野萬里子（兵庫県） 261
平松芳子（岡山県） 169
平山公一（千葉県） 45
廣原秀憲（大阪府） 221

フ

ふかさわひさし（山梨県） 169
深澤雅子（山梨県） 45
深野一郎（福岡県） 222
深谷武久（茨城県） 170
福井惠子（埼玉県） 45
福井隆夫（徳島県） 102
福井美代子（徳島県） 222
福井良子（福岡県） 132
福島恵子（千葉県） 170
福田かじ郎（奈良県） 261
福田幸子（神奈川県） 170
福田千里（福岡県） 222
福田鉄文（宮崎県） 222
福田義之（神奈川県） 170
福田凉子（大阪府） 132
福留フク子（神奈川県） 222
福永真理子（京都府） 103
福原すえ（広島県） 261
福家駿吉（埼玉県） 103
福山隆（兵庫県） 223
福良椋（東京都） 133
藤井利一（徳島県） 261
藤井博子（埼玉県） 223
藤江成子（埼玉県） 223
藤岡豊子（奈良県） 223
藤木倭文枝（東京都） 170
藤澤孝子（大阪府） 133
藤田貴佐代（千葉県） 45
藤田久美子（青森県） 133
藤田敬子（茨城県） 45
藤田悟（三重県） 171
藤田博子（大阪府） 133
冨士本道子（福岡県） 133
藤原義一（高知県） 223
藤原佳子（群馬県） 73
藤原慶子（宮崎県） 224
藤原多美子（山口県） 262
船津祥子（大阪府） 73
古堅喜代子（沖縄県） 224
古田立子（岐阜県） 171
古畑幸子（埼玉県） 224

へ

別所陽（大阪府） 46

ホ

星靜（東京都） 171
星野久子（東京都） 46
星美枝子（京都府） 171
細川完勝（山口県） 103
保谷冨貴子（東京都） 224
堀岡美和子（京都府） 171
堀のり子（大阪府） 103
堀畑いつみ（神奈川県） 172
堀部富子（岐阜県） 46
堀正子（大阪府） 46
堀美保子（東京都） 73
本多雅子（大阪府） 74
本田良（千葉県） 74

マ

真栄里泰山（沖縄県） 46
前田妙子（茨城県） 224
真久絢子（千葉県） 47
正本康子（岡山県） 172
増田悦子（埼玉県） 47
増田磨輝（北海道） 172
増田千鶴子（静岡県） 103
松浦直巳（静岡県） 47
松浦美智世（静岡県） 225
松尾信子（大阪府） 134
松尾千代（福岡県） 104
松尾禮子（兵庫県） 134
松崎重男（茨城県） 47
松下昌子（静岡県） 172
松下とし子（長野県） 262
松島房子（長野県） 172
松田洋子（神奈川県） 173
松野さと江（山口県） 47
松村誠一（大阪府） 225
松村赳（大阪府） 104
松村武温（滋賀県） 262
松村伸子（東京都） 173
松村弘子（京都府） 104
松本和子（東京都） 104
松山喜美代（長崎県） 225
黛里華（埼玉県） 134
丸林一枝（佐賀県） 173

ミ

三浦良子（兵庫県） 225
三浦好博（千葉県） 48
汀真柊（兵庫県） 173
三澤惠子（埼玉県） 48
水永正継（宮崎県） 225
水永玲子（宮崎県） 134
水野信枝（岐阜県） 226
水野昌雄（埼玉県） 48
水野ミキヱ（愛知県） 104
三谷弘子（山口県） 134
道真理（北海道） 173
光田幸子（大阪府） 174
南浜伊作（千葉県） 48
峰寿子（神奈川県） 105
三原光子（石川県） 262
宮城六郷（東京都） 105
宮坂和子（埼玉県） 226
宮﨑貴美子（東京都） 135
宮崎研子（長野県） 174
宮﨑博子（佐賀県） 49
宮里英彦（大阪府） 74
宮地さか枝（埼玉県） 226
宮下歌子（群馬県） 135
宮田貴志子（東京都） 174
宮軒瑛子（京都府） 226
宮原志津子（長野県） 48
宮本アケミ（長崎県） 226
宮本アツ子（静岡県） 227
宮本清（埼玉県） 49
宮守八重子（神奈川県） 174

中島通子（三重県） 256
中島峰子（東京都） 165
永田和宏（京都府） 216
永田二三子（京都府） 256
中田美佐子（茨城県） 256
長田裕子（千葉県） 216
中出佐和子（石川県） 257
中出玉枝（北海道） 257
中西清美（大阪府） 41
長沼京子（東京都） 98
中根武子（茨城県） 217
長野晃（大阪府） 41
中野綾子（大阪府） 217
仲野太助（千葉県） 98
長野恒美（岐阜県） 129
長野洋子（大阪府） 98
長畑望登子（大阪府） 165
長畑美津子（岡山県） 71
仲松庸全（沖縄県） 71
中村暎枝（宮城県） 98
中村淳子（静岡県） 98
中村京子（鹿児島県） 129
中村國雄（岩手県） 165
中村雅之（青森県） 166
中村美智子（東京都） 41
中村美代子（埼玉県） 41
永元実（東京都） 130
中山恭子（高知県） 42
中山惟行（大阪府） 130
中山洋子（東京都） 42
中山芳樹（岡山県） 130
名川由江（大阪府） 100
行木幹雄（千葉県） 166
奈良達雄（茨城県） 217
成塚伸子（埼玉県） 257
成瀬廣美（長野県） 100

ニ

仁尾郁（高知県） 130
西岡秀子（京都府） 166
西澤愼（兵庫県） 217
西沢幸治（長野県） 217
西シガ子（鹿児島県） 166
西嶌國介（大阪府） 42
西谷常世（愛知県） 130
西田ミヨ子（東京都） 166
西原たき子（滋賀県） 218
西森政夫（高知県） 72
西山和代（秋田県） 167
西山桧尾（三重県） 167
西山博幸（福岡県） 218
二瓶誠一（東京都） 218
二瓶環（新潟県） 131

ヌ

糠澤信子（福島県） 42
糠谷京子（愛知県） 131
貫名隆一（神奈川県） 131
布引球子（大阪府） 218
沼田信子（大阪府） 218
沼野真琴（栃木県） 131

ノ

乃木倫子（大阪府） 42
野口栄子（神奈川県） 43
野口貞子（千葉県） 100
野口十四子（東京都） 100
野﨑弘子（千葉県） 257
野原友子（山口県） 100
信岡勝政（神奈川県） 43
野村耕司（神奈川県） 43
野村丞子（高知県） 257
野村スミ子（神奈川県） 219
野村太貴江（福岡県） 167
野村容子（岐阜県） 258

ハ

萩原静夫（宮崎県） 101
萩原卓（神奈川県） 219
萩原智佐子（宮崎県） 101
朴貞花（神奈川県） 108
波來谷傑（兵庫県） 43
橋本恵美子（大阪府） 72
橋本一枝（埼玉県） 167
橋本幸子（東京都） 258
橋本左門（東京都） 101
橋本忠雄（大阪府） 72
橋本俊明（三重県） 167
橋本英幸（愛知県） 43
橋本喜典（東京都） 72
長谷川一枝（兵庫県） 72
長谷川早苗（静岡県） 258
畑井馨（宮城県） 44
畠山正和（岩手県） 101
波多野重雄（東京都） 258
服部昌司（神奈川県） 258
服部宏子（滋賀県） 168
花野美穂子（香川県） 101
塙喜一郎（山梨県） 259
塙直美（茨城県） 259
馬場あき子（神奈川県） 219
馬場昌子（大阪府） 44
馬場由子（大阪府） 259
浜田博生（奈良県） 259
浜田萌子（埼玉県） 219
濱本まゆみ（千葉県） 219
早川市子（群馬県） 220
早坂みちよ（大阪府） 102
林暁子（大阪府） 168
林木愚暗（埼玉県） 260
林省二（滋賀県） 44
林節子（大阪府） 259
林智恵（大阪府） 102
林英孝（石川県） 260
林博子（千葉県） 131
林雅子（大阪府） 44
林万佐子（千葉県） 260
林美恵子（栃木県） 168
林通文（東京都） 168
林友里子（富山県） 168
林義明（滋賀県） 260
原木俊雄（静岡県） 220
原木とし子（京都府） 132
原田鏡子（神奈川県） 220
原田徹郎（岩手県） 220
原田春江（東京都） 169
針谷喜八郎（茨城県） 73
春木イツ子（静岡県） 132
半谷弘男（愛知県） 102

ヒ

比嘉愛子（沖縄県） 220
東直子（東京都） 169
東山寿美子（大阪府） 132
比嘉道子（沖縄県） 73

高橋幸子（大阪府）　35
髙橋春美（埼玉県）　162
髙橋フキ子（秋田県）　162
高橋三枝子（北海道）　251
高橋美寿子（東京都）　34
髙橋光弘（大阪府）　34
高原伸夫（福岡県）　162
髙山永子（東京都）　210
涔口正治（大阪府）　210
滝沢貞（群馬県）　163
武井愛子（東京都）　35
武井幸枝（埼玉県）　94
竹岡竹葉（滋賀県）　70
竹重恵美子（山口県）　163
竹下文枝（大阪府）　35
武田俊郎（大阪府）　251
武田仁（東京都）　210
竹田春雄（神奈川県）　35
武田文治（千葉県）　163
竹中トキ子（岐阜県）　211
武野フミヱ（大阪府）　94
竹村竹子（茨城県）　35
竹山真知子（熊本県）　211
多胡賢二（滋賀県）　95
田島久美子（群馬県）　95
田島信子（茨城県）　127
田島百合子（神奈川県）　95
田代元一（静岡県）　211
舘登和子（茨城県）　211
舘ヒサエ（北海道）　95
立谷邦江（宮城県）　211
田爪方子（宮崎県）　95
立松マチ子（愛知県）　36
田中仰美（大分県）　36
田中彰子（茨城県）　251
田中明子（茨城県）　212
田中賀津子（滋賀県）　212
田中吉忠（埼玉県）　128
田中喜美子（愛媛県）　127
田中進（鹿児島県）　163
田中なつみ（千葉県）　96
田中秀子（佐賀県）　212
田中浩子（兵庫県）　96
田中房江（千葉県）　128
田中房子（東京都）　252
田中富美恵（山口県）　212
田中良（岐阜県）　36
田中礼（京都府）　252
たなせつむぎ（東京都）　96
棚田百合子（徳島県）　212
棚橋和恵（岐阜県）　71
田辺静代（宮崎県）　163
田辺鈴子（神奈川県）　96
田辺ユイ子（熊本県）　36
谷崎未来（滋賀県）　128
田沼とも子（群馬県）　36
田上悦子（高知県）　252
田上賢一（鹿児島県）　96
田之口久司（神奈川県）　71
玉城寛子（沖縄県）　213
玉田ミタテ（大阪府）　38
玉水多惠子（愛知県）　164
田村幸子（徳島県）　164
田村広志（千葉県）　252
たんだにまりこ（岡山県）　97
檀原渉（宮城県）　164

チ
千々和久幸（神奈川県）　213
千葉碧（岐阜県）　213
千葉洋子（山梨県）　97

ツ
塚越房子（千葉県）　38
塚詔子（千葉県）　252
辻井康祐（大阪府）　254
辻川育子（大阪府）　38
津田道明（愛知県）　213
土屋卓子（東京都）　128
土谷ひろ子（茨城県）　213
土屋美代子（千葉県）　164
堤智子（宮城県）　164
津波古勝子（神奈川県）　38
坪井敏子（福岡県）　254
坪健治（三重県）　38
津村裕子（大阪府）　165

テ
寺内實（熊本県）　214
寺島純江（兵庫県）　128
寺田國男（京都府）　254
寺田慧子（京都府）　39
寺田澄子（大阪府）　129
照井時彦（岩手県）　254

ト
戸井田春子（東京都）　214
土居光也（愛媛県）　254
百海あさ子（愛知県）　255
遠山勝雄（宮城県）　39
時任実也子（山口県）　129
徳武昇（新潟県）　129
杜澤光一郎（埼玉県）　255
戸澤泰子（北海道）　214
戸田輝夫（北海道）　39
轟恵理子（東京都）　214
渡名喜勝代（沖縄県）　71
冨岡ゆかり（京都府）　214
冨田臥龍（東京都）　215
富田房江（京都府）　39
冨田玲二（静岡県）　215
富田川覚（三重県）　39
富山好子（群馬県）　255
鳥居志乃富（埼玉県）　255

ナ
内藤賢司（福岡県）　40
内藤ます子（東京都）　215
中靖子（奈良県）　215
永井菊子（東京都）　165
仲井真理子（富山県）　215
長江良己（愛知県）　216
長尾瑞子（岐阜県）　216
中川惠美子（滋賀県）　97
中川佐和子（神奈川県）　97
中川優美（静岡県）　97
中久保慎一（東京都）　40
永坂文子（大阪府）　40
中里奈都子（大阪府）　216
中沢隆吉（東京都）　40
中島澈（岐阜県）　40
中島紀一朗（滋賀県）　256
中島壽美子（岐阜県）　41
中島とし子（神奈川県）　256
中島央子（東京都）　255

相良みね子（東京都） 157
崎間洋美（東京都） 248
佐久間佐紀（神奈川県）157
佐久間眞一（神奈川県）202
櫻井志代子（和歌山県）203
櫻井真弓（神奈川県） 68
櫻井萬亀子（神奈川県）158
佐倉京子（愛媛県） 92
佐々木公子（京都府） 68
佐々木正子（大阪府） 203
佐々俊男（千葉県） 31
笹ノ内克己（三重県） 158
佐治初巳（東京都） 203
佐竹峰雄（高知県） 203
佐藤綾子（栃木県） 125
佐藤嘉代子（東京都） 158
佐藤訓子（埼玉県） 32
佐藤里水（千葉県） 158
佐藤誠司（千葉県） 203
佐藤久（東京都） 68
佐藤秀雄（埼玉県） 68
佐藤宏子（青森県） 204
佐藤寛（千葉県） 204
佐藤美佐子（埼玉県） 204
佐藤靖彦（滋賀県） 32
佐藤ゆき子（千葉県） 68
佐藤洋子（東京都） 204
佐藤よし（東京都） 92
佐野映子（大阪府） 204
佐野暎子（高知県） 248
座馬乙葉（岐阜県） 205
佐無田義己（和歌山県）205
沢口芙美（東京都） 92
澤田敏子（東京都） 248

シ

塩野明夫（神奈川県） 32
志賀勝子（東京都） 205
志堅原喜代子（沖縄県） 69
宍倉緑（埼玉県） 205
宍戸忠（北海道） 158
篠﨑誠子（埼玉県） 159
篠田理恵（岐阜県） 205
柴田春江（秋田県） 32
柴田ひろみ（大阪府） 125
芝田よし子（静岡県） 206
渋谷恭子（兵庫県） 206
渋谷寿美子（神奈川県）248
渋谷美恵子（京都府） 69
島崎建代（長野県） 126
島村政子（埼玉県） 92
志摩麗子（神奈川県） 125
清水勝典（東京都） 69
清水蒼子（東京都） 206
清水美千代（静岡県） 159
貫橋宣夫（福岡県） 32
下島敬子（京都府） 93
下林敦子（大阪府） 159
下村すみよ（埼玉県） 248
下村道子（千葉県） 126
謝花秀子（沖縄県） 69
荘司光子（三重県） 33
白石亜弥子（群馬県） 249
白江純美（宮崎県） 33
城間百合子（埼玉県） 33

ス

水津玲子（大阪府） 206
末次房江（千葉県） 33
菅木智子（岡山県） 206
須川武子（岐阜県） 126
菅原誠（山形県） 249
杉内靜枝（東京都） 159
杉原恭三（岐阜県） 249
杉原日出子（東京都） 69
杉本琢哉（大阪府） 207
杉本博子（東京都） 93
杉山悦男（大阪府） 207
杉山壽々子（東京都） 126
杉山やよい（大阪府） 33
勝呂誠司（埼玉県） 93
助川典子（茨城県） 207
図司信之（茨城県） 70
鈴木晋司（大阪府） 126
鈴木すみ江（東京都） 159
鈴木強（滋賀県） 127
鈴木ひろ子（千葉県） 249
鈴木廣子（東京都） 93
鈴木広（山形県） 160
鈴木正彦（千葉県） 93
鈴木光代（千葉県） 160
鈴木恵（静岡県） 160
鈴村芳子（東京都） 207
須田英子（埼玉県） 127
須藤淑子（大阪府） 249
首藤隆司（新潟県） 207
須藤ゆう子（京都府） 250
春原利夫（埼玉県） 160
澄田恭一（愛媛県） 250
砂澤俊彰（東京都） 209
炭谷素子（埼玉県） 70
住田久代（岡山県） 127

セ

清家克子（長崎県） 209
情野貞一（山形県） 160
清野真人（山形県） 161
関家さよ子（佐賀県） 209
関家敏正（佐賀県） 250
関節子（大阪府） 161
瀬崎睦子（静岡県） 161
瀬戸井誠（埼玉県） 34
千石久子（茨城県） 209
千把京子（東京都） 94

ソ

相馬里子（東京都） 250
相馬芳子（栃木県） 209
園田昭夫（千葉県） 34
園田真弓（静岡県） 70

タ

平良宗子（沖縄県） 70
高石裕子（茨城県） 161
高木広明（千葉県） 94
髙木容子（熊本県） 250
高久豊代子（茨城県） 34
髙島嘉巳（大阪府） 210
髙田欣一（福井県） 210
高出紘子（石川県） 251
髙野明子（千葉県） 161
髙橋敦子（岐阜県） 162
髙橋和夫（岩手県） 251
高橋清子（東京都） 162
髙橋貞雄（大阪府） 94

菊地宏義（東京都） 27
岸敬子（岐阜県） 63
来嶋靖生（東京都） 198
北風一憲（北海道） 153
北島和代（滋賀県） 120
北道子（兵庫県） 153
北野英子（千葉県） 27
北野正子（大阪府） 120
北野裕（大阪府） 27
北村るみ（山口県） 198
鬼藤千春（岡山県） 199
杵渕智子（東京都） 28
木下一（大阪府） 120
木下かおる（茨城県） 199
木下孝一（東京都） 244
木原かつよ（福岡県） 199
木部朝子（茨城県） 154
木村朝郎（群馬県） 89
木村恵美（愛知県） 154
木村晨二（滋賀県） 89
木村京子（東京都） 121
木村登美江（東京都） 121
木村久代（埼玉県） 154
木村浩（埼玉県） 121
木村雅子（神奈川県） 199
木村美映（青森県） 199
木村峰子（岐阜県） 121
京増富夫（千葉県） 121
京増藤江（千葉県） 122

ク

久我謙二（福岡県） 244
久我節子（福岡県） 63
久々湊盈子（千葉県） 154
楠山繁子（滋賀県） 90
工藤威（東京都） 200
工藤葉子（千葉県） 154
久野とし子（群馬県） 156
久保朱實（京都府） 28
久保親二（東京都） 244
久保田泰造（和歌山県） 28
久保田武嗣（長野県） 63
久保田昇（長野県） 28
久保田登（東京都） 200
熊谷博子（岩手県） 244
熊谷眞夫（岩手県） 28
熊谷万寿美（滋賀県） 122
熊谷宗孝（埼玉県） 63
久米尚子（神奈川県） 122
久米武郎（神奈川県） 245
粂田保江（静岡県） 64
倉田淑子（茨城県） 29
倉持光好（埼玉県） 245
栗山稔康（神奈川県） 245
栗山弘（京都府） 200
黒江和枝（鹿児島県） 122
黒川万葉子（千葉県） 200
黒木直行（宮崎県） 29
黒木三千代（京都府） 90
黒崎美芳（埼玉県） 245
黒澤正則（茨城県） 29
黒島洋子（大阪府） 90
黒田晃生（長野県） 156
桑名千代子（愛媛県） 90
桑原元義（静岡県） 64
桑山真珠子（大阪府） 90

コ

こいけいさを（沖縄県） 91
小池榮（千葉県） 245
小石雅夫（東京都） 29
小泉喜美子（千葉県） 64
小泉修一（東京都） 91
小市邦子（神奈川県） 200
江田孝子（大分県） 156
合田遙（愛媛県） 246
河野行博（東京都） 201
河野百合恵（東京都） 91
古賀悦子（兵庫県） 156
古賀八重子（静岡県） 64
小暮功（群馬県） 246
小阪陽出子（静岡県） 91
小島清子（岐阜県） 122
小島なお（東京都） 124
兒島春代（東京都） 201
小杉正夫（岩手県） 29
小菅敦子（栃木県） 64
小菅貴子（東京都） 201
古菅康子（神奈川） 65
小平孝常（愛知県） 246
児玉惠智子（鹿児島県） 91
小玉信恵（島根県） 30
後藤幸子（愛知県） 30
後藤節子（群馬県） 246
後藤素子（愛知県） 65
小永井嶽（東京都） 124
小西美根子（大阪府） 201
小林功（神奈川県） 246
小林和子（栃木県） 30
小林加津美（神奈川県） 201
小林京子（東京都） 65
小林恒夫（長野県） 247
小林登紀（東京都） 30
小林紀子（神奈川県） 156
小松章（神奈川県） 30
小柳靖子（東京都） 157
小山順子（兵庫県） 202
小山尚治（埼玉県） 65
小山ヤエ子（大阪府） 65
今貴子（青森県） 66
近藤桂子（北海道） 124
近藤純子（茨城県） 247
今野恵子（宮城県） 247
今野裕子（宮城県） 247

サ

三枝昻之（神奈川県） 66
斎藤一義（兵庫県） 66
斎藤惠子（東京都） 202
斎藤健（埼玉県） 66
斉藤毬子（埼玉県） 31
齋藤陽子（山形県） 157
道祖尾朋子（東京都） 202
佐伯延男（滋賀県） 124
佐伯靖子（鹿児島県） 124
佐伯萬魚（神奈川県） 31
坂井誠司（埼玉県） 202
堺谷九条男（大阪府） 31
酒井千代野（愛知県） 247
酒井八重子（大阪府） 157
酒井由美子（長崎県） 125
榊原昭子（神奈川県） 92
坂本一光（大分県） 66
坂本万千子（埼玉県） 125
相楽淑子（東京都） 31

岡田美智子（埼玉県） 87
緒方靖夫（東京都） 191
尾形良政（福島県） 22
岡村靜（東京都） 191
岡村照子（神奈川県） 241
岡村安子（三重県） 117
岡本育与（愛知県） 150
岡元薫（東京都） 59
岡本都子（滋賀県） 117
小川源一郎（滋賀県） 23
小川シゲ子（神奈川県） 60
小川民子（京都府） 87
小川美智（東京都） 60
小川洋子（大阪府） 117
小木宏（東京都） 60
小木曽愛子（大阪府） 60
沖田恵子（大阪府） 23
沖ななも（埼玉県） 23
荻本清子（埼玉県） 87
奥恵子（福岡県） 87
奥田君子（京都府） 87
奥田史郎（東京都） 241
奥田庸子（岐阜県） 117
奥田文夫（大阪府） 60
奥村晃作（東京都） 191
奥本淳恵（広島県） 192
奥山直人（熊本県） 23
長勝昭（大阪府） 61
小﨑敦（茨城県） 241
尾崎けい子（大阪府） 192
小澤守（愛知県） 118
小澤美佐子（静岡県） 192
小田恵子（山口県） 88
小田順平（大阪府） 192
越智順（愛媛県） 150
越智義行（兵庫県） 118
小渡律子（沖縄県） 61
尾上郁子（大阪府） 194
尾上正一（愛媛県） 241
小野勝子（茨城県） 192
小野香代子（大分県） 194
小野田アヤ子（静岡県） 194
小野田俊男（静岡県） 118
おのだめりこ（静岡県） 151
小原喜代子（徳島県） 241
小原俊幸（鹿児島県） 242
小俣眞智子（東京都） 61
尾山正幸（東京都） 118
恩田英明（埼玉県） 194

カ

垣内輝子（大阪府） 23
岳重太（愛媛県） 24
加来光吉（福岡県） 194
筧美知子（千葉県） 118
風祭咲子（千葉県） 119
梶田順子（高知県） 119
楫野政子（兵庫県） 195
加嶋のぶ（大阪府） 88
樫村奎子（茨城県） 195
梶本弥惠（大阪府） 195
梶原清子（東京都） 88
梶原千津代（大阪府） 24
梶原安之（東京都） 151
春日いづみ（東京都） 151
春日真木子（東京都） 151
霞香（愛媛県） 119
片岡淑子（岡山県） 242
片山洋子（埼玉県） 88
桂アグリ（東京都） 61
加藤和子（東京都） 195
加藤恭子（東京都） 24
加藤信子（愛知県） 119
加藤千穂子（愛知県） 152
かとうとしこ（愛知県） 61
加藤規江（愛知県） 242
加藤英彦（東京都） 242
加藤文裕（神奈川県） 242
加藤正枝（岩手県） 243
加藤幸子（愛知県） 151
加藤由美子（東京都） 24
金井和光（埼玉県） 195
金岩今子（愛知県） 119
叶岡淑子（高知県） 62
金沢邦臣（岩手県） 196
我那覇スエ子（沖縄県） 62
金丸和彦（東京都） 152
金森薫（大阪府） 152
金森丸人（大阪府） 196
金子つとむ（茨城県） 24
金子りえ子（東京都） 88
金光理恵（千葉県） 152
狩野洋子（東京都） 152
嘉部明子（東京都） 196
鎌田仁実（神奈川県） 196
釜田美佐（三重県） 25
神谷佳子（京都府） 243
上山澄江（東京都） 196
亀﨑晴美（岐阜県） 243
亀山和子（新潟県） 25
亀山弘子（東京都） 243
鴨井慶雄（大阪府） 62
加茂京子（島根県） 25
鴨志田恵利乃（茨城県） 243
蒲原徳子（佐賀県） 197
唐亀美影（東京都） 89
唐沢京子（東京都） 153
河合利子（岐阜県） 25
川岸和子（大阪府） 25
川越誠子（青森県） 197
川崎典子（神奈川県） 26
河﨑展忠（岡山県） 89
川崎通子（大阪府） 197
川住素子（東京都） 26
川田賢一（群馬県） 153
川田早苗（東京都） 26
川谷美知子（大阪府） 120
河田玲子（大阪府） 197
川根進（東京都） 62
河野郁夫（東京都） 197
川畑てる子（京都府） 198
河村貞子（東京都） 120
河村昌子（千葉県） 153
河村美枝（岐阜県） 62
河村恵（岐阜県） 244
川本宏子（静岡県） 89
神田武尚（熊本県） 198
神田敏子（千葉県） 198
寒野紗也（東京都） 26

キ

菊沢陽子（京都府） 26
菊田弘子（京都府） 63
菊池東太郎（静岡県） 27
菊地直子（埼玉県） 27

伊藤寛雄（秋田県） 18
伊藤ふじ江（神奈川県）186
伊東幸惠（岐阜県） 113
伊藤連子（東京都） 18
稲垣紘一（神奈川県） 146
稲原一枝（大阪府） 186
稲邑明也（東京都） 18
乾千枝子（埼玉県） 19
井上絢子（熊本県） 146
井上啓（東京都） 19
井上セツ（東京都） 19
井上忠章（大阪府） 237
井上弘（愛媛県） 147
井上美地（兵庫県） 84
井上美津子（埼玉県） 113
猪子圭交（愛知県） 19
今井逸子（滋賀県） 56
今井紀一（大分県） 84
今井孝子（東京都） 147
今井多賀子（大分県） 186
今井千鶴子（神奈川県）113
今井治江（東京都） 57
今井正和（東京都） 57
今岡紀子（岐阜県） 238
今川素美（京都府） 238
伊吉一郎（東京都） 114
入江春行（奈良県） 85
入江洋子（福岡県） 238
岩井美代子（東京都） 187
岩川とき子（東京都） 187
岩城恵美子（熊本県） 114
岩木ひろ子（埼玉県） 19
岩熊啓子（茨城県） 57
岩﨑忠夫（栃木県） 187
岩下美佐子（熊本県） 114
岩下義男（京都府） 187
岩瀬順治（広島県） 85
岩田正（神奈川県） 85
岩渕憲弥（東京都） 85
岩橋雅子（千葉県） 57
岩本純子（佐賀県） 187
岩本禎子（大阪府） 238
岩本憲之（愛知県） 147
岩本廣志（大阪府） 147

ウ
植木和美（滋賀県） 114
上坂英光（北海道） 20
上田邦子（大阪府） 114
上田精一（長崎県） 57
上田迪子（長崎県） 238
上田亮子（香川県） 147
植野良子（東京都） 188
上原詩穂子（北海道） 188
上原章三（長野県） 188
上原奈々（東京都） 148
植松正幸（山梨県） 188
植松康子（埼玉県） 58
宇佐神景子（茨城県） 148
鵜澤希伊子（東京都） 148
鵜澤美恵子（神奈川県） 20
氏家マサ（大阪府） 148
臼井恵子（神奈川県） 188
碓田のぼる（千葉県） 58
内田賢一（静岡県） 115
内野光子（千葉県） 148
右手敦子（岡山県） 20
宇野美代子（岐阜県） 115
梅重子（東京都） 239
梅田悦子（神奈川県） 149
梅原三枝子（大阪府） 149
梅本敬子（長野県） 149
宇留間英一郎（大阪府）189

エ
永島民男（埼玉県） 149
江川謙一（静岡県） 85
江川佐一（静岡県） 115
江﨑洋子（熊本県） 239
江田清（福島県） 189
枝村泰代（静岡県） 20
江成兵衛（神奈川県） 115
榎俊江（東京都） 149
榎本よう子（埼玉県） 58
海老澤勲（神奈川県） 189
海老名香葉子（東京都）189
江森トミ子（東京都） 20
遠藤彰（大阪府） 189
遠藤幸子（愛知県） 190

オ
大井紗奈美（埼玉県） 86
大石江里子（静岡県） 58
大石英男（静岡県） 21
大井田洋子（愛媛県） 115
大川君子（広島県） 21
大川史香（愛媛県） 58
大口玲子（宮崎県） 21
大久保和子（千葉県） 150
大久保巳司（愛知県） 21
大河内孝志（埼玉県） 116
大河内美知子（愛媛県）190
大越美恵（東京都） 190
大﨑洋子（千葉県） 239
大澤博明（愛媛県） 239
大城永信（沖縄県） 116
大城幸次郎（東京都） 21
大城正保（東京都） 59
大杉香代子（三重県） 239
大鷹あや子（新潟県） 116
太田久恵（徳島県） 86
大津千加子（鹿児島県）116
大津留公彦（埼玉県） 59
大戸井祥二（徳島県） 150
大中肇（兵庫県） 190
大野哲朗（滋賀県） 240
大野奈美江（神奈川県）150
大野まゆみ（奈良県） 22
大野道子（滋賀県） 240
大庭杏（京都府） 190
大畑輝子（京都府） 191
大畑惪子（埼玉県） 22
大畑靖夫（熊本県） 86
大前みつ江（群馬県） 22
大政恵子（愛媛県） 86
大村誉子（静岡県） 116
大谷徳湖（群馬県） 240
大谷光男（群馬県） 240
岡崎志昴（東京都） 59
岡島幸惠（東京都） 22
岡貴子（東京都） 86
岡田三朗（北海道） 117
岡田信行（大阪府） 59
岡田福（大阪府） 240
岡田美知子（東京都） 191

出詠者総索引

ア

藍（長崎県） 111
相原君雄（宮城県） 55
安威道子（大阪府） 81
青木みつお（東京都） 183
青木容子（東京都） 111
青嶋智恵子（群馬県） 81
青野登志美（山口県） 111
赤岩寿恵子（愛知県） 143
赤木眞理子（愛知県） 111
赤城良子（新潟県） 143
赤塚堯（東京都） 15
秋田清（東京都） 235
阿木津英（東京都） 81
秋元勇（埼玉県） 15
秋本としこ（埼玉県） 111
秋山公代（東京都） 143
秋山佐和子（東京都） 15
秋山千恵子（奈良県） 235
秋山典子（千葉県） 15
浅井あさみ（岐阜県） 81
浅井隆夫（大阪府） 143
浅尾務（東京都） 183
浅尾ひろみ（東京都） 112
浅川良子（山梨県） 15
浅田太佳子（埼玉県） 112
あさと愛子（沖縄県） 143
浅野恵子（北海道） 183
浅野まり子（神奈川県） 144
浅部禎一（奈良県） 183
芦田和子（千葉県） 55
芦田幸恵（京都府） 16
芦田美代子（岡山県） 55
芦田安正（京都府） 81
阿宇地逸子（千葉県） 112
梓志乃（東京都） 16
安部あけ美（大分県） 144
阿部誠行（大阪府） 144
阿部まり（大阪府） 183
阿部美保子（東京都） 82
荒井一陽（東京都） 144
新井竹子（埼玉県） 16
新井康子（群馬県） 82
荒尾寿味雄（熊本県） 235
荒川冴子（岩手県） 184
有村紀美（東京都） 55
有吉節子（京都府） 55
安間邦子（静岡県） 16

イ

飯坂幸子（神奈川県） 184
飯島碧（神奈川県） 184
飯塚忍（静岡県） 16
飯塚照江（群馬県） 17
飯野澄雄（京都府） 17
家正子（石川県） 235
五十嵐久子（埼玉県） 17
位寄澄江（富山県） 112
生田淳子（大阪府） 56
井口牧羊（京都府） 144
池上典子（東京都） 235
池上洋通（東京都） 236
池口和三（兵庫県） 112
池添智恵子（大阪府） 184
池田惠子（兵庫県） 145
池田信明（大阪府） 145
池田美恵子（愛知県） 82
池田三砂（京都府） 184
池田資子（神奈川県） 82
井坂好江（茨城県） 236
篠裕子（岡山県） 82
石井和美（愛媛県） 145
石井郷二（神奈川県） 145
石井弥栄子（神奈川県） 56
石井洋子（神奈川県） 145
石井好江（東京都） 236
石川功（千葉県） 17
石川克也（徳島県） 185
石川忠（新潟県） 56
石川治明（東京都） 185
石川桃子（徳島県） 185
石黒實（静岡県） 146
石坂房子（群馬県） 113
石田紀美乃（奈良県） 146
石田絲纖子（東京都） 113
石田正和（静岡県） 83
石原千鶴（千葉県） 236
石原フジヱ（大阪府） 83
石本一美（東京都） 185
泉勝男（滋賀県） 83
いずみ司（神奈川県） 83
和泉伸子（岡山県） 185
伊瀬谷征子（大阪府） 236
伊勢田英雄（神奈川県） 83
井田髙一郎（神奈川県） 186
一井幸子（滋賀県） 17
市川幸子（東京都） 84
市川節子（大阪府） 186
市川光男（長野県） 84
一條美瑳子（千葉県） 18
市村節子（神奈川県） 146
一柳好江（岐阜県） 237
伊藤和実（東京都） 56
伊藤恭子（新潟県） 237
伊藤敬子（埼玉県） 18
伊藤繁子（千葉県） 237
伊藤茂子（東京都） 237
井銅てるよ（東京都） 84

平和万葉集　巻五

2022年8月25日　第1刷発行
編集／発行　『平和万葉集』刊行委員会
〒170-0005
東京都豊島区南大塚2-33-6-301
新日本歌人協会　気付
電　話　03-6902-0802
FAX　03-6902-0803

振替口座 00140-3-672942

発売／光陽出版社
〒162-0811　東京都新宿区築地町8
TEL 03(3268)7899
印刷・製本／株式会社光陽メディア

ISBN978-4-87662-638-0 C0092